Bibliografische Information der
Deutschen Nationalbibliothek

Die Deutsche Nationalbibliothek verzeich-
net diese Publikation in der Deutschen Na-
tionalbibliografie, detaillierte bibliografische Daten sind im Internet über
http://dnb.dnb.de abrufbar.

© 2017 Peter Joos
Herstellung und Verlag
BoD – Books on Demand, Norderstedt

Coverbildgestaltung: Jacqueline Joos

ISBN: 978-3-7448-4894-7

Lupenzeit

Ultrakurzgeschichten

Peter Joos

Books on Demand

Meiner Ehefrau und unseren Familien

in Dankbarkeit und Liebe

Vorwort

Die Kurzgeschichte ist eine moderne literarische Form der Prosa, deren Hauptmerkmal in ihrer Kürze liegt. Dies wird oft durch eine starke Komprimierung des Inhalts erreicht. Beim Wort *Kurzgeschichte* handelt es sich um eine Lehnübersetzung des englischen Begriffs *short story*. Die Entstehung der Kurzgeschichte hängt eng zusammen mit der Entwicklung des Zeitschriftenwesens im 19. Jahrhundert. Die Gattung der Kurzgeschichte entstand als *short story* im Bereich der englischsprachigen, insbesondere der amerikanischen Literatur.

Im deutschsprachigen Raum wurde die Kurzgeschichte erstmals um 1900 aufgegriffen. Hier musste sie sich zunächst gegen andere etablierte Kurzformen wie die Novelle, die Anekdote und die Kalendergeschichte durchsetzen. Bis in die fünfziger Jahre setzten sich viele Kurzgeschichten mit der Nachkriegszeit auseinander. Bei zahlreichen Autoren steht jedoch nicht die grosse Politik im Vordergrund, vielmehr gehen sie in einfach umrissenen Situationen allgemein-menschlichen Phänomenen wie Kommunikationsmangel, Statusdenken, Denunziantentum und Unverständnis zwischen den Generationen nach. Ab Mitte der 1960er Jahre hat die literarische Gattung einen Teil ihrer Bedeutung verloren.

Insofern knüpfen die vorliegenden Ultrakurzgeschichten am Anspruch der Kurzgeschichten an, entwickeln und verkürzen diese aber noch einmal wesentlich, um sich auf ein einziges Thema, eine einzige Begebenheit konzentrieren zu können. Aber auch wenn jeweils nur eine einzige Thematik behandelt wird, heisst das noch nicht, dass sie auch einzigartig ist. Im Gegenteil: Die Ultrakurzgeschichte hat zum Ziel, weit über die beschriebene Situation hinauszuweisen auf immanent menschliche Schicksale und Unzulänglichkeiten. Gerade weil sie weniger narrativ ist als die Kurzgeschichte oder der Roman, vermag sie den Wendepunkt im Leben eines Menschen umso klarer und deutlicher hervorzuheben.

Der Leser wird nicht von einer Fülle von Orten, Figuren und Handlungen abgelenkt, sondern er kann sich voll und ganz auf eine kurze Erzählung konzentrieren und sich dazu augenblicklich eine eigene Meinung bilden. Oftmals muss er zuvor allerdings die knapp dargestellte Situation aufschlüsseln, um sie in ihrer ganzen Wucht zu verstehen.

Damit sind auch Einfühlungsvermögen und Interpretationsfähigkeit des Lesers gefordert, was das Lesen zu einem kurzweiligen Vergnügen werden lässt.

P.J. im September 2017

Ate amanha

Sie war ihm vom ersten Tag an aufgefallen. Gross gewachsen, lange, schwarze Haare, meist offen getragen, ihre dunklen, wachen Augen. Jeder Besuch im Sekretariat wurde mit einem freundlichen Lächeln quittiert. Ihre flinken Hände fanden sekundenschnell die gewünschten Unterlagen oder tippten einige Wörter in die Maschine. Und immer wurde der Besuch mit einem herzlichen „ate amanha" abgeschlossen, Portugiesisch für „bis morgen".

Ihr Name war Magdalena. Eine Heilige war sie aber auf keinen Fall, dafür trug sie ein zu enges Top, das die Ansätze ihrer Brüste erahnen liess, sowie enge Jeans, die ihre Körperformen zur Schau stellten. Es war für ihn eine Wonne, sie während der kurzen Zeit zu beobachten, wenn sie sich im Büro zwischen den Pulten, Stühlen und Korpussen hin und her bewegte. Es war wie ein Tanz, der jedermann entzückte, so auch ihn. Es fiel ihm jedoch auf, dass sie zu allen die gleiche Freundlichkeit an den Tag legte, allen ihr Lächeln schenkte und ihnen zum Schluss ein aufmunterndes „ate amanha" – bis morgen – mit auf den Weg gab. Hatte er anfänglich gehofft, dass sie zu ihm besonders nett

11

und aufmerksam sei, sah er mit der Zeit ein, dass dem nicht so war. Trotzdem bildete er sich manchmal ein, dass sie ihm einen besonders langen Augenblick, ein paar Minuten mehr Aufmerksamkeit schenkte, und ein besonders herzliches „ate amanha" mitgab. In seinen Träumen hatte er sie schon Dutzende Male auf einen Drink, auf einen Kaffee oder einen Spaziergang am Strand eingeladen. Den Mut dazu hatte er noch nie aufgebracht.

An jenem Freitag nahm er sich aber vor, seinen Wunsch in die Tat umzusetzen. Er wollte Magdalena nach der Arbeit zum Apéro einladen. Vielleicht würde sich dann etwas ergeben - das Wochenende liess Zeit und Raum offen. Gegen Ende des Nachmittags begab er sich, ohne ein bestimmtes Anliegen zu haben, aufs Sekretariat und sie begrüsste ihn freundlich wie immer. Eine ältere Mitarbeiterin sass am Pult und tippte auf der Maschine, hinter ihr stand die Tür zum Zimmer des Direktors offen. Magdalena schien müde, aber sie fragte umgehend, wie sie ihm behilflich sein könne. Er murmelte etwas von Kopien abholen. Sie schien nicht zu verstehen und sah ihn fragend an. Er spürte den Kloss im Hals, wiederholte umständlich sein Gemurmel, entschuldigte sich fürs Versehen, drehte sich schliesslich enttäuscht um und verliess den Raum. Kurz bevor er die Tür schloss, hörte noch ein sanftes „ate amanha".

Am folgenden Montag erschien Magdalena nicht zur Arbeit. Die Belegschaft wurde während der Morgenpause von der Direktion orientiert. Magdalena war am Wochenende mit ihrem Wagen verunglückt und lag im örtlichen Spital im Koma. Ihr Zustand war äusserst kritisch. Zwei Tage später wurden die schlimmsten Befürchtungen bestätigt – Magdalena erlag ihren schweren Verletzungen.

Auf der Flucht

Der Alarm ertönte in den frühen Morgenstunden. Es war Samstag, der 1. November. Ein Feiertag - Allerheiligen. Durch die einen Spalt breit geöffnete Balkontüre waren die städtischen Sirenen deutlich zu vernehmen. Um eine Übung oder einen Testlauf konnte es sich nicht handeln, schoss es mir durch den Kopf und ich stand auf. Die beiden Kinder schliefen noch fest. Auf dem Weg zur Toilette begegnete ich meiner Mutter, die mich besorgt ansah. „Es muss etwas passiert sein", meinte sie kurz und fügte hinzu: „Draussen riecht es abscheulich." Eine Feststellung, die mich noch nicht beunruhigte.

Erst auf der Toilette wurde mir klar, was sie meinte. Der Geruch von faulen Eiern hatte sich einen Weg durch die Lüftung bis ins Innere der Wohnung gebahnt. Ich hielt die Luft an, verliess rasch den engen Raum und schloss die Tür hinter mir zu. Inzwischen befand sich mein Vater im Korridor. Auch er mit ernster Miene, aber wie immer sachlicher und gefasster als die Mutter. „Draussen stinkt die Luft zum Himmel", sagte er und begab sich ins Wohnzimmer, wo er das Radio einschaltete. Es war die Rede von einem Grossbrand in einem Industriequartier ausserhalb der Stadt, wo die Chemie ihre Produktionsstandorte besass.

Verstand und Gefühle begannen sich in meinem Körper einen unerbittlichen Kampf zu liefern. „Nur die Ruhe bewahren", sagte ich zu meinen Eltern, „das wird schon nicht so schlimm sein". Aber ich spürte augenblicklich, dass ich mit diesen Worten eher mich beruhigen wollte als meine besorgten Eltern. Nachdem wir alle Fenster geschlossen hatten, zog ich mich an, wusste aber eigentlich nicht genau, warum. Die beiden Kinder schliefen immer noch tief und fest in ihren Betten.

Der Hauptgrund für unseren Besuch in der Stadt war die Herbstmesse, die wie immer um diese Jahreszeit stattfand. Meine Eltern hatten mich eingeladen und wir wollten am Nachmittag mit den Kindern die vielen bunten Stände und lauten Bahnen in der Innenstadt aufsuchen. Meine Kinder waren zwar noch klein, aber es gab auch spezielle Buden und Bahnen für sie. Und aufs Riesenrad, das hoch über dem Münster und dem Rhein seine Kreise drehte, konnten wir alle miteinander gehen. Danach assen wir normalerweise Wurst und Pommes in einem der Festzelte auf dem Münsterplatz. Die Kinder kauften sich mit ihrem Messebatzen noch irgendeine Süssigkeit oder ein Spielzeug, bevor wir uns auf den Heimweg machten.

Aber an diesem Samstagmorgen war alles anders. Niemand dachte zu diesem Zeitpunkt an Riesenrad, Festzelt, Wurst und Pommes. Draussen lauerte Gefahr, von der man nicht wusste, was sie einem anhaben konnte. War es nur einfach schlechte Luft wie jener jauchegeschwängerte Duft, welcher über den Feldern schwebte, wo wir als Kinder möglichst lange den Atem angehalten hatten? Oder schwebte hier etwas in der Luft, das gesundheitliche Schäden hinterliess oder vielleicht sogar tödlich war?

Die Ungewissheit war wohl das Schlimmste an der Sache. Mein Vater hatte sich inzwischen auch angekleidet, während sich meine Mutter einen Bademantel übergezogen hatte. „Was sollen wir machen?", fragte sie mit kreidebleichem Gesicht. Mir fiel keine Antwort ein, obwohl mir augenblicklich bewusst worden war, dass ich mich in einer Art Wartemodus befand. Für eine Entscheidung fehlten mir jedoch weitere Informationen, die das Radio nicht hergab. Alles, was man erfuhr, war, dass die Autobahn Richtung Osten wegen eines Feuers gesperrt war und man die Fenster geschlossen halten sollte.

Während mein Vater zum Nachbar ging - einem Arzt, der ebenfalls ein Kleinkind hatte - ging ich unruhig schnuppernd in der Wohnung umher, um zu kontrollieren, ob die Luft noch schlechter wurde. Schliesslich hielt ich es nicht mehr aus und weckte die Kinder. Ich versuchte möglichst ruhig zu bleiben, was mir schlecht gelang. Unsere Vorfahren mussten während des Zweiten Weltkriegs ebenso gefühlt haben, als sie befürchteten, der nördliche Nachbar könnte unser Land überfallen. Meine Furcht schlug langsam in Angst, dann in Panik um.

Als mein Vater zurückkehrte, sagte er sofort: „Wir müssen fliehen. Im Augenblick ist nicht klar, welche Stoffe sich in der Luft befinden und uns bedrohen." Ich spürte eine gewisse Erleichterung, da nicht ich eine Entscheidung treffen musste. Ich zog den Kindern eiligst ihre Kleider an, stopfte die am Vorabend erst ausgepackten Utensilien wieder in die Tasche und hielt mich bereit. Meine Eltern packten ihrerseits ein paar Kleidungsstücke in einen Koffer und zogen ihre Mäntel an. Das Ziel unserer Flucht war ihr Ferienhaus in den Bergen. Wieder schoss mir der Gedanke ans „Réduit" durch den Kopf, als Tausende Menschen sich eine Notbleibe weitab der Grenze gesichert hatten, wo sie im Notfall hinflüchten konnten.

Während die Eltern sich um die Kinder kümmerten, eilte ich hinunter auf die Strasse, um meinen Wagen bereit zu stellen. Vor dem Verlassen des Hauses holte ich noch einmal tief Luft, um anschliessend mit angehaltenem Atem zum Fahrzeug zu rennen, den Schlüssel mit zittrigen Fingern ins Schloss zu stecken, den Motor anzulassen und direkt vors Haus zu fahren.

Kaum stand das Auto vor dem Haus, stürmten die Eltern mit den beiden Kindern heraus und in den Wagen. Ich hievte das Gepäck in den Fond, setzte mich wieder ans Steuer und los ging die Fahrt durch die nächtliche Stadt. Der erwartete Exodus fand nicht statt. Wir waren offenbar die einzigen, die den Ernst der Lage erkannt hatten und noch rechtzeitig fliehen konnten. Ich versuchte die Tempolimiten einzuhalten, aber an der ersten Kreuzung stand die Ampel auf Rot. „Fahr zu", hörte ich meinen Vater sagen, „das ist ein Notfall!" Ich vergewisserte mich immerhin, ob keine anderen Verkehrsteilnehmer unterwegs waren und trat daraufhin aufs Gaspedal.

Im Eiltempo ging es Richtung Stadtgrenze übers Hinterland in die Berge. Wir fuhren eine Strecke, auf der ich letztmals als Kind unterwegs war und die uns auf einen Pass führte, wo wir früher zum Skilaufen hinfuhren – damals noch ohne Gondeln und Skilifte. Als wir uns sicher fühlten, öffneten wir langsam und vorsichtig die Fenster des Wagens und liessen frische Luft herein. Mein Vater begann von der Aktivdienstzeit zu erzählen, meine Mutter entspannte sich allmählich und die Kinder waren bereits wieder eingeschlafen, während ich unsere Arche sicher über die Hügel steuerte. Wir waren noch einmal davongekommen, schoss es mir durch den Kopf.

Befehlsverweigerung

Der junge Rekrut (R) am Steuerrad eines Geländerfahrzeugs amerikanischer Marke, welcher schon im Zweiten Weltkrieg im Einsatz gewesen sein musste, konzentrierte sich auf die Strasse, während der vielleicht fünf Jahre ältere Leutnant (L) folgendes Gespräch begann:

L: Sie machen das gut, gefällt Ihnen Ihre Fahrerausbildung?
R: Ja, das schon, aber auf den Rest könnte ich verzichten.
L: Rekrut, können Sie das wiederholen, und sprechen Sie lauter!
R: Wieso soll ich lauter sprechen, wir verstehen uns doch bestens in diesem Ton.
L: Sie sollen lauter sprechen! Das ist ein Befehl!
R: Sehen Sie, das ist es zum Beispiel, was mich am Militärdienst anscheisst.
L: Soso, Sie mögen also nicht laut und deutlich sprechen, wenn Sie etwas zu sagen haben! Aber das gehört nun mal einfach zur militärischen Grundausbildung!
R: Warum gehört laut sprechen zur militärischen Grundausbildung? Ich dachte, der Feind hört mit.

L: Sie machen sich wohl lustig über mich! Wir wollen nur sichergehen, dass unsere Befehle richtig verstanden und ausgeführt werden!

R: Und dazu muss man einander anschreien? Geht das nicht auch in einem zivilen Ton?

L: Nein, das ist eben der Unterschied! Wir sind hier keine Zivilisten, sondern Soldaten, die einen Auftrag auszuführen haben! Und dazu gehören auch militärische Umgangsformen wie Befehle erteilen und Befehle befolgen!

R: Das ist der andere Punkt, der mich am Militärdienst angurkt. Wir werden zwar zu Soldaten ausgebildet, aber zu solchen, die nicht selber denken dürfen.

L: Wo kämen wir hin, wenn jeder Soldat selber denken würde? Dafür haben wir Unteroffiziere und Offiziere, die das übernehmen, weil sie auch eine entsprechende Ausbildung gemacht haben! Lassen Sie also das Denken und sprechen Sie lieber laut und deutlich, wenn Sie einen Befehl wiederholen! Klar?

R: Klar. Zu Befehl.

L: Lauter! Ich kann Sie nicht hören!

R: Klar. Zu Befehl.

L: Lauter!! Ich kann Sie nicht hören!!

R: Klar. Zu Befehl:

L: Lauter, Rekrut!!! Ich kann Sie nicht hören!!!

R: Können wir nicht normal miteinander reden?

L: Nein, können wir nicht!!! Halten Sie sofort an!!!

Der Rekrut fährt das Fahrzeug rechts an den Strassenrand und stellt den Motor ab.

L: Ich sage Ihnen jetzt mal was!!! Was Sie hier tun ist Befehlsverweigerung!!! Wenn ich Ihnen befehle, lauter zu sprechen, dann haben Sie diesem Befehl Folge zu leisten!!! Verstanden???

R: Verstanden. Können wir weiterfahren?

L: Ich kann Sie nicht hören!!! Sprechen Sie lauter!!!

R: Ich brauche nicht lauter zu sprechen. Sie können mich sehr wohl hören.

L: Darum geht es jetzt nicht!!! Sie sollen meinem Befehl gehorchen und lauter sprechen!!! Verstanden???

R: Das macht doch keinen Sinn, was Sie da verlangen. Das müssen Sie doch zugeben.

L: Es liegt nicht an Ihnen, über den Sinn oder Unsinn eines Befehls nachzudenken!!! Das können Sie anderen überlassen!!!

R: Zum Beispiel Ihnen?

L: Ja, genau!!! Zum Beispiel mir!!! Ich bin Ihr Vorgesetzter und kann Ihnen befehlen, was immer ich will!!! Und Sie haben nichts Anderes zu tun, als meine Befehle auszuführen, damit wir uns richtig verstehen!!!

R: Sie waren mein Vorgesetzter.

L: Ich bin immer noch Ihr Vorgesetzter, so lange diese RS dauert!!!

R: Waren.

Der Rekrut zückt blitzschnell seine Pistole, entsichert sie und hält sie dem Leutnant an den Kopf.

L: Rekrut, was machen Sie da???

R: Sprechen Sie leiser.

L: Rekrut, sind Sie verrückt geworden??? Hören Sie sofort mit diesem Scheiss auf und legen Sie die Waffe weg!!! Das ist ein Befehl!!!

R: Sprechen Sie leiser.

L: Rekrut, sind Sie wahnsinnig??? Ich werde Sie verklagen und in den Knast bringen, sobald wir in der Kaserne sind!!!

R: Werden Sie nicht. Und sprechen Sie endlich leiser, dann kann ich Sie besser hören.

L: Das werden Sie noch bereuen!!! Ich werde dafür sorgen, dass Sie scharfen Arrest bekommen!!!

R: Zum letzten Mal – sprechen Sie leiser.

L: Sie haben keine Chance!!! Ich bin hier derjenige, der die Befehle erteilt!!! Fahren Sie los zur Kaserne!!!

R: Sie haben mir nicht zugehört. Und Sie haben es so gewollt.

Der Rekrut betätigt den Abzug seiner Pistole, eine Kugel dringt dem Leutnant durch die linke Schläfe ins Hirn mitten ins Sprachzentrum. Er verharrt mit offenem Mund, wie wenn sein letzter Befehl darin stecken geblieben wäre, über seine linke Wange ergiesst sich ein dunkelroter Strom aus Blut und weiter auf seine Uniform. Seine weit aufgerissenen Augen sind starr vor Schreck. Er wird sie nicht mehr schliessen können. Langsam beugt sich sein Körper nach vorne und bleibt im Sicherheitsgurt hängen. Das Blut tropft auf seine Knie und sammelt sich auf dem Boden des Wagens in einer dunkelroten Lache.

Und über der ganzen Szene schwebt eine unheimliche Stille.

Das Totenbeinchen

Lichterlöschen war um zehn Uhr gewesen, aber die Gruppe Jugendlicher diskutierte und lachte immer noch lauthals, so dass sich der Lehrer wiederholt gezwungen sah, sie zur Ruhe aufzufordern. Während zwei, drei Minuten tuschelten und kicherten die Jungs dann in gedämpftem Ton, aber von Müdigkeit keine Spur. Am Vortag waren sie über den Gemmipass gewandert und sollten eigentlich von der Anstrengung müde sein. Aber die Fünfzehnjährigen erholten sich rasch, und schon während des Abendessens in der Herberge drehten sie wieder mächtig auf. Am folgenden Tag war ein weiterer Tagesmarsch angesagt, was sie jedoch nicht zu mässigen schien.

Um zehn Uhr dreissig stieg ich vom mittleren Stockwerk des Massenlagers hinab und schaltete das Licht an. Augenblicklich herrschte Stille im Schlag. Da und dort war lediglich ein unterdrücktes Prusten zu hören, ansonsten war es mucksmäuschenstill. Ich appellierte an die Klasse, sich nun ruhig zu verhalten und zu schlafen. Morgen sei auch noch ein Tag und der werde bestimmt wieder anstrengend. Meine Stimme klang ruhig, aber eindringlich. Die Knaben sollten spüren, dass es mir ernst war mit dem, was ich sagte. Ich ging ein paarmal den schmalen Gang zwischen den Schlafgestellen auf und ab, um meinen Worten den nötigen Nachdruck zu verleihen. Einige der Knaben hielten die Augen geschlossen und verharrten regungslos in ihren Schlafsäcken. Dann knipste ich den Lichtschalter aus und kletterte auf meinen Schlafplatz zurück. Einen Augenblick lang raschelte es noch, dann war es still.

Das Knistern der Plastiktüte aus den unteren Reihen, in welcher wir lagen, liess den Lehrer jedoch wieder aufhorchen. Mein Bettnachbar, welchem das Pack mit den Totenbeinchen gehörte, war am Essen. Zuerst vernahm ich ein leises Knabbern, anschliessend ein deutliches Schmatzen. Ich lag in der Mitte zwischen den anderen Jungs, als ein neuerliches Kichern den Puls des Lehrers schlagartig in die Höhe trieb, gefolgt von einem sanften Pfeifen. Dann flog eine Handvoll Totenbeinchen an die gegenüberliegende Wand, begleitet von einem unverhohlenen Gelächter. Das Schmatzen, Flüstern und Tuscheln wurde immer lauter.

Plötzlich ertönte die tiefe Stimme des Lehrers. Martin Waser, mach das Licht an, befahl er. Es dauerte eine Weile, bis jener den Schalter gefunden hatte. Vielleicht war er auch einer der wenigen Knaben, die schon geschlafen hatten. Unschuldig stand er am Ende des Gangs neben dem Lichtschalter und wartete auf weitere Befehle. Der Lehrer war inzwischen vom Gestell heruntergestiegen und wies zwei Knaben darunter an, aus ihren Schlafsäcken zu kriechen und aufzustehen. Dann schritt er entschlossen auf Martin zu und verabreichte ihm eine gewaltige Ohrfeige, so dass jener überrascht zu Boden sank und sich die linke Wange hielt. Dann drehte sich der Lehrer um, holte erneut aus, schien sich aber augenblicklich zu besinnen, und reduzierte die Wucht in den folgenden Schlägen um die Hälfte. Die beiden Knaben wussten, was sie erwartete, versuchten nicht auszuweichen, sondern steckten die Ohrfeigen standhaft ein. Mit einer blossen Handbewegung schickte der Lehrer die drei kommentarlos in ihre Schlafsäcke zurück. Dann löschte er das Licht und kletterte auf seine Schlafpritsche.

Am nächsten Morgen wurden die nächtlichen Ereignisse nur mit gedämpfter Stimme verhandelt. Es gab ein paar wissende Blicke, aber jedermann schien den nächtlichen Vorfall möglichst schnell vergessen zu wollen.

Der Baum

Der Junge lehnte an den Drahtzaun, welcher das Grundstück umschloss, auf dem er und seine Freunde noch vor kurzer Zeit gespielt hatten. Inzwischen hatte ein gelber Bagger die vormals grüne Fläche in einen braunen Sumpf verwandelt. Die ehemalige Hügellandschaft war eingeebnet und das Buschwerk entfernt worden. Nur ein Baum stand noch am Rande des quadratischen Feldes, auf dem ein neuer Wohnblock für bestimmt hundert Familien entstehen sollte. Der Knabe stellte sich das riesige Gebäude vor, welches hier gebaut werden sollte. Aber noch war es nicht soweit. Noch war nicht alles verloren.

Der Baggerführer drehte den Trax und fuhr rückwärts auf den Baum zu, der trotzig auf ihn zu warten schien. In sicherer Entfernung des Baums hielt er die Maschine an, liess jedoch den Motor laufen. Aus den glänzenden Auspuffrohren links und rechts des Führerhauses stiegen dunkle Wolken auf. Als der Maschinist eine schwere Eisenkette herbeischleppte, hielt der Junge den Atem an. Er überlegte sich kurz, ob sich der Baum gegen dieses Vorhaben wehren konnte. Hätte er gekonnt, wäre er ihm zu Hilfe geeilt. So aber blieb ihm nur Abwarten und Zuschauen. Unter Aufbringung seiner ganzen Kraft gelang es dem Arbeiter schliesslich, das eine Ende der Kette etwa in Manneshöhe um den Stamm des Baums zu legen. Das andere Ende befestigte er an einem Haken hinten am Trax. Der Knabe beobachtete, wie die Kette zunächst schlaff zwischen dem Baum und dem gelben Monster lag. Sobald aber der Mann sein Fahrzeug in Bewegung setzte, spannte sie sich und gab knirschende Töne von sich, wie um dem Baum ihre Stärke beweisen zu wollen. Die riesigen Raupen des Gefährts gruben sich dabei tief in den erdigen Grund und suchten nach Halt. Mehrmals hielt der Baggerführer an, fuhr einige Meter zurück, um erneut Anlauf zu holen. Der Baum bewegt sich kaum. Stolz und gerade ragte er himmelwärts. Der Junge frohlockte.

Nun löste der Mann die Kette vom Trax, wendete diesen und fuhr mit der Schaufel voran auf den Baum zu. Die Augen des Knaben weiteten sich vor Angst, das Blut schoss ihm in den Kopf und der Schweiss brach ihm unvermittelt aus allen Poren. Die Zähne der Baggerschaufel stiessen tief durch die Rinde ins Holz. Es schien, als weiche der Baum vor Schmerz etwas zurück. Gebannt starrte der Junge dem Zweikampf zu. Nach mehreren Stössen hörte er das Krachen von Wurzeln und er fühlte, dass dies der Anfang vom Ende war. Wiederum wendete der Traxführer die Maschine, hängte die Kette erneut in den Haken und fuhr mit einem Ruck los. Der Baum torkelte vorwärts, hielt aber den ungestümen Bewegungen des Baggers vorerst noch stand. Der Junge wischte sich den Schweiss von der Stirn. Unter dem Baum sah er, wie sich die Wurzeln spannten und aufbäumten, um der Kette zu widerstehen, die unnachgiebig am Stamm zerrte. Der Motor dröhnte und jaulte in allen Tonlagen. Der Junge mochte nicht mehr hinsehen, so schräg stand der Baum jetzt an seinem Platz.

Der Mann sprang ein letztes Mal vom gelben Monster. In der Hand hielt er eine Motorsäge. Mit einer kurzen Handbewegung warf er sie an und durchtrennte damit einige Wurzeln rund um den Baum herum. Dann stieg er wieder aufs Gefährt und nahm einen letzten Anlauf. Der Junge sah, wie sich der Baum ein letztes Mal aufbäumte, bevor er sich im Fallen ihm zuwandte und ihn anblickte. Tut mir leid, sagte der Junge mit Tränen im Gesicht. Ich werde dich nie vergessen.

Hut ab

Wie gewohnt stand ich im Führerabteil des grünen Tramwagens und klammerte mich an einen der Halteriemen, welche synchron über den Köpfen der Fahrgäste baumelten. Das Schaukeln der alten Strassenbahn übertrug sich ebenfalls auf die Körper der Menschen, die hinter dem Tramführer hin und her schwankten und lediglich durch eine Eisenstange von jenem getrennt waren. Im Unterschied zu den Passagieren konnte sich der Kondukteur aber an zwei Kurbeln festhalten, mit denen er das Gefährt beschleunigen oder abbremsen konnte. Fasziniert schaute ich jedes Mal auf die präzis ausgeführten Bewegungen, welche mit einer fast tänzerischen Eleganz ausgeführt wurden, da nicht nur Hände und Arme beteiligt waren, sondern auch Beine und Hüften ihren Anteil leisteten. Der breitbeinige Stand verlieh dem Tramführer ausserdem eine beinahe majestätische Anmut und erinnerte mich an die Vorführungen eines Hochseilartisten im Zirkus, der permanent um sein Gleichgewicht kämpfte, nur dass es hier im Falle des Kondukteurs nicht wie ein Krampf aussah, sondern vielmehr wie ein harmonisches Ausgleichen der Erschütterungen, die sich von den Tramschienen auf die Eisenräder und weiter auf den Tramwagen und von diesem auf die Körper der Insassen – ob stehend oder sitzend – übertrugen.

Auch ich war inzwischen ein geübter Strassenbahnfahrer und gewohnt, die Schläge wie beim Skifahren mit den Knien abzufedern, aber es liess sich nicht vermeiden, dass man gelegentlich einen Fahrgast ohne Absicht anstiess. Das war weiter nicht unangenehm, so lange man nicht während der ganzen Fahrt den Körper des anderen spürte. Es brauchte folglich einen räumlichen Minimalabstand, damit man sich wohl fühlte. Umso erschrockener war ich, als sich der Herr neben mir plötzlich umdrehte und mich anfauchte, ich solle nicht andauernd mit meinem Arm an seinen Hutrand stossen. Dabei schaute er mir grimmig in die Augen, als hätte ich ihm mit voller Absicht den Ellbogen in die Rippen gerammt. Zunächst war ich platt und brachte kein Wort hervor, hatte ich doch den älteren Herrn, der mein Vater hätte sein können, nicht beachtet. Der Ausdruck in seinem Gesicht weckte in mir Schuldgefühle und ich stammelte eine Entschuldigung hervor, die er wohl kaum verstand. Jedenfalls drehte er mir wieder den Rücken zu, während die übrigen Fahrgäste mich weiter anstarrten, als hätte ich dem Alten einen Tritt in die Eier versetzt.

Ich betrachtete meine Hand, die immer noch den Haltegriff umklammerte und sah, dass der rechte Ärmel meiner Jacke dem Hutrand des älteren Herrn gefährlich nahe kam. Es wäre also durchaus möglich gewesen, dass der Stoff meiner Weste ohne mein Zutun oder Wissen seinen Hut an der Krempe berührt hatte und er sich deshalb provoziert fühlte, was mein Gewissen nicht gerade erleichterte. Ich achtete deshalb sorgsam auf jede Bewegung des Trams und versuchte auch die kleinsten Turbulenzen augenblicklich auszukorrigieren. Die Leichtigkeit, mit der mir das sonst gelang, war natürlich dahin und ich begann mich regelrecht zu verkrampfen. Mein erhobener Arm schmerzte mich je länger je mehr, und da ich den Griff nicht lockern oder loslassen konnte, begann ich den Alten innerlich zu verfluchen. Ich fragte mich, ob es überhaupt erlaubt sei, in der Strassenbahn einen Hut zu tragen im Wissen darum, dass man damit in ungewolltem Kontakt mit anderen Fahrgästen geraten konnte. Hätte ich ihm doch nur gesagt, er solle seinen doofen Hut bitteschön abnehmen, dann sei das Problem gelöst. Vielleicht hätte ich die Melone abnehmen und sie ihm unter den Arm klemmen sollen. Mit welchem Recht schnauzte er mich derart an und stellte er mich vor allen Leuten bloss? Was für eine Arroganz, die einer sich da erlaubte! Ich wurde immer wütender, ohne dass ich etwas unternehmen konnte. Schliesslich kam meine Haltestelle und ich musste aussteigen. Eigentlich hätte ich dem Fremden in diesem Moment doch noch den Ellbogen in die Rippen rammen können, aber ich tat es nicht. Merkwürdig war jedoch, dass mich dieser Zwischenfall in den folgenden Nächten bis in meine Träume verfolgte.

Der Kran

Die Ambulanz fuhr mit Blaulicht und heulender Sirene aus dem Spitalareal. Die Leute in den Strassen drehten sich um und fragten sich, was wohl der Grund sei. Der grauhaarige Fahrer hinter der Windschutzscheibe war es gewohnt, mit solchen Situationen fertig zu werden. Wiederholt musste er abbremsen, wenn Menschen vor ihm die Strasse überquerten, andere Fahrzeuge im Weg standen oder eine Ampel unvermittelt auf Rot schaltete. Dann drückte er wieder aufs Gaspedal, der Motor fauchte wie eine Wildkatze und beschleunigte den Wagen weit über die zugelassene Tempolimite. Bald war der Stadtrand in Sicht, wo eine schmale Strasse den Hügel hinaufführte. Die grelle Sonne stand hoch im Blau des Himmels. Nichts schien anders zu sein als sonst an irgendeinem Nachmittag.

Neben dem Fahrer sass eine junge Krankenschwester, die nicht zum ersten Mal an einem solchen Einsatz teilnahm. In jenem Augeblick wusste sie jedoch lediglich, dass sich auf einer Baustelle ausserhalb der Stadt ein Arbeitsunfall ereignet hatte, bei dem ein Arbeiter verletzt worden war. Im Kopf ging sie die Erste-Hilfe-Massnahmen noch einmal durch. Die Ausrüstung befand sich im Fond des Wagens und sie wusste auswendig, wo sich die einzelnen Geräte, das Verbandsmaterial, die Spritzen und die Medikamente befanden. Die junge Frau war jedes Mal gespannt und ein bisschen nervös, denn es galt in wenigen Augenblicken, die Lage richtig einzuschätzen. Sie hätte es gerne gehabt, wenn der Fahrer etwas schneller gefahren wäre, denn in diesem Job ging es oft um Sekunden. Aber sie getraute sich nicht, etwas zu sagen.

Der gelbe Kran war schon von weitem zu sehen. Er überragte den halbfertig gestellten Bau und zeigte wie ein Turm himmelwärts.

Rundherum lagen Wiesen, deren bunte Blumen zur dieser Jahreszeit in allen Farben leuchteten. Man hätte glauben können, auf einem Friedhof zu sein, schoss es der Krankenschwester durch den Kopf. Mit jedem Meter, den die Ambulanz zurücklegte, konnte sie mehr Einzelheiten erkennen. Ein blauer Lastwagen, eine graue Betonmischmaschine, Fertigelemente aus hellem Holz und mehrere Paletten mit braunen Säcken und rötlichen Backsteinen. Eine typische

Baustelle eben, wie man sie zurzeit rund um das schnell wachsende Städtchen vorfand.

Doch der Kran sah anders aus als sonst ein Kran, nur konnte sie noch nicht erkennen, woran dies lag. Als kleines Mädchen faszinierten sie diese Stahlmonster, die überall im Quartier ihrer Heimatstadt herumstanden und Lasten hin und her hievten. Sie waren Sinnbild unbändiger Kraft und sie wünschte sich, einmal in ihrem Leben hoch oben in der Führerkabine zu sitzen und auf die ganze Welt hinunterschauen zu können. In wenigen Jahren entstanden damals Wohnblöcke entlang ihrer Strasse und auf verlassenen Grundstücken, auf denen sie als Kinder kurz zuvor noch mit ihren Trottinets über Stock und Stein umhergekurvt waren. Aus der einfachen Vorstadt wurde nach und nach eine Agglomeration und schliesslich ein Stadtteil mit Geschäften, Garagen, Kleinbetrieben und Shoppingcentern nebst den unzähligen Wohnhäusern. Heute fühlte sie sich fremd dort, wenn sie ab und zu mal ihre Eltern besuchte.

Die Ambulanz hatte inzwischen das Ziel erreicht und der Fahrer hielt neben dem blauen Laster an. In diesem Augenblick wurde ihr bewusst, was sie an diesem Kran gestört hatte. Während einige Arbeiter stumm herumstanden und ihr Kollege ungewohnt gemächlich ausstieg, blieb sie mit weit aufgerissenen Augen und offenem Mund fassungslos im Wagen sitzen. Dem gelben Kran fehlte der Schwenkarm, mit dem er die Lasten heben konnte. Er stand da wie ein kriegsversehrter Mensch, dem man den Arm unterhalb der Schulter amputiert hatte. Der gewaltige Ausleger lag regungslos am Boden. Erst jetzt fiel ihr auf, dass eine Handvoll Arbeiter sich in einem respektvollen Abstand von ihm entfernt aufhielten, die meisten von ihnen mit gesenkten Köpfen und einer Zigarette im Mund. Der Ambulanzfahrer ging auf die Männer zu und begann mit ihnen zu reden. Immer wieder zeigten sie hinauf zum Kran und dann hinunter zum Schwenkarm.

Die junge Krankenschwester sah erst jetzt, dass sich neben dem stählernen Teil eine Decke befand, unter der sich etwas verbarg, das nicht grösser als ein Mensch sein konnte. Ihr Magen zog sich zusammen und sie hätte sich am liebsten übergeben. Unsicher öffnete sie die Wagentür, stieg aus, blieb aber schutzsuchend im Schatten der Ambulanz stehen. Ihre Beine schienen sie kaum noch zu tragen und sie wagte deshalb keinen weiteren Schritt nach vorne. Sie beobachtete aus sicherer Distanz, wie ihr Kollege mit schweren Schritten sich dem Schwenkarm näherte und dann die Decke daneben kurz anhob, um einen Blick darunter zu werfen. Die gespenstische Szene dauerte wenige Sekunden nur, aber seine Reaktion liess vermuten, dass hier jegliche Hilfe zu spät kam.

Auf dem Rückweg sprachen sie kaum ein Wort. Weder Blaulicht noch Sirene waren eingeschaltet. Und als sie sich dem Städtchen näherten, drehte sich kaum jemand nach ihnen um. Das Leben schien seinen Lauf zu nehmen, als sei nichts passiert, als sei der Schwenkarm nicht abgebrochen und hätte keinen der Arbeiter getroffen und ihm den Schädel zertrümmert, als müsse niemand seine Frau anrufen und ihr den Unfall melden, damit sie es ihren beiden Kindern mitteilen könne sowie den Eltern ihres toten Gatten und dessen Geschwistern. Es schien ihr, als ginge auch für sie das Leben weiter, obwohl in jenem Moment am Fuss des Krans ein Teil von ihr gestorben war.

Auf keinen Fall Rot

Es war für mich von Anfang klar: Auf keinen Fall Rot! Jede andere Farbe wäre mir lieber als ein solch auffälliges Vehikel, welches einem schon kilometerweit in die Augen sticht. Früher war es mir auf die Farbe nie angekommen. Viel wichtiger waren damals der Kilometerstand, der Zustand des Motors sowie des Getriebes, die Kupplung, die Bremsen natürlich – und last but not least der Preis, der dann meistens den Ausschlag gab. Bis auf wenige Ausnahmen hatte ich Glück mit meinen Occasionsautos, welche ich mir in kurzen Intervallen anschaffen musste, da ihr jeweiliges Verfalldatum zumeist schon weit überschritten war. Da kommt mir auch jener Kollege in den Sinn, der es mit seinem eben gekauften Gefährt von der Garage nicht einmal mehr nach Hause schaffte. Getriebeschaden nach wenigen Kilometern.

In der Riesenhalle, welche wie jedes Jahr den diesjährigen Automobilsalon beherbergte, funkelten die bunten Fahrzeuge wie glitzernde Weihnachtskugeln um die Wette. Ein Kaleidoskop von Eindrücken, die einem – einmal in ihren Bann gezogen – nicht mehr losliessen. Zwischen den schillernden

Karossen unterschiedlicher Marken und Herkunft tummelten sich Hunderte, wenn nicht Tausende Leute, die gemächlich und mit bewundernden Blicken an den auf Hochglanz polierten Statussymbolen vorbeizogen.

Fasziniert liess ich mich vom Strom der Menschen mittreiben und landete schliesslich bei einer jener Marken, die für meinen neuen fahrbaren Untersatz in Frage kamen. Der weisse Wagen blinzelte mich unschuldig an, und so konnte ich es mir nicht verkneifen, für einen Augenblick darin Platz zu nehmen. Ein wohliges Gefühl stieg in mir hoch, so dass ich mich im Anschluss ans Probesitzen nach den technischen Details und natürlich nach dem Preis der Maschine erkundigte. Meine Frau, die mich aus einem respektvollen Abstand beobachtete, meinte sachlich, Weiss sei nun weiss Gott nicht die ideale Farbe für einen Wagen im heutigen Strassenverkehr. Auch die Form halte sie eher für null-acht-fünfzehn. Dies dämpfte meine anfängliche Begeisterung und ich beschloss, zur nächsten Marke weiterzuziehen.

Dort angelangt, sass ich alsbald in den ergonomischen Sportsitzen eines schwarzen

41

Boliden mit über 200 PS. Die getönten Scheiben, das futuristische Display sowie das unverbraucht duftende Lederinterieur liessen meinen Puls in die Höhe schnellen. Bereits sah ich mich durch kurvenreiche Bergstrassen brettern, um der drohenden Verkehrshölle zu entrinnen. Ich spürte eine grenzenlose Freiheit in mir aufkeimen, und erst als mir der Verkäufer nebst dem Preis fürs Basismodell die Kosten für all die Zusatzoptionen aufrechnete, fiel ich auf den Boden der Realität zurück. Schwarz sei ohnehin keine Farbe, meinte meine Frau trocken, das sei doch eher ein Zustand.

Schweren Herzens kehrte ich dem Traumwagen den Rücken zu und machte mich auf den Weg zur dritten Marke, die ich mir gemerkt hatte. Auch dort gab es Fahrzeuge unterschiedlicher Grösse und Gattung, die meisten in Weiss oder Schwarz. Doch mein bevorzugtes Gefährt thronte in der Mitte, leuchtete unübersehbar und überschattete alle anderen, weil ... rot! Ich setzte mich hinters Steuerrad und wusste sogleich – das ist mein neues Auto! Beim Verkäufer erkundigte ich mich nach den möglichen Farben für dieses Modell. Weiss, Schwarz oder Rot, lautete seine lakonische Auskunft. Ich glaubte, mich verhört zu haben. Schwarz war ja nicht gerade meine Lieblingsfarbe, Weiss hätte mir eigentlich besser gepasst. Aber auf keinen Fall Rot, das war klar! Nun, nach einer weiteren halben Stunde hatte ich mich entschieden: Mein neues Automobil sollte die Farbe Rot tragen, wie es meine Frau schon von Anfang an gewusst hatte.

Heute bin ich ihr sehr dankbar für unseren Entscheid, denn mit dem roten Wagen tun sich vor mir auf der Autobahn plötzlich Lücken auf, man lässt mich ungeniert passieren oder überlässt mir unberechtigerweise den Vortritt an einer Kreuzung, an der andere schon seit Minuten warten. Mein roter Pfeil hebt sich wohltuend ab von der öden Masse weisser, grauer und schwarzer Motorkutschen, so dass ich ihn selbst auf einem überfüllten Grossparkplatz auf Anhieb wiederfinde. Und so denke ich dann und wann ganz still für mich: Rot sei Dank!

Kreislauf

Der Knabe bremste brüsk sein Trottinet mit dem linken Fuss und vollführte eine elegante Kurve, ohne das funkelnde Ding am Boden auch nur einen einzigen Augenblick lang aus den Augen zu verlieren. Dann fuhr er einige Meter zurück, legte sein Gefährt aufs Trottoir und stürzte sich auf die kleine, silbrig glänzende Münze, die seine ganze Aufmerksamkeit gefangen hatte. Vorsichtig hob er sie auf und betrachtete sie genau. Auf der einen Seite stand eine Frau in langem Gewand mit Speer und Schild, während der Rand der Münze von einer Sternenkette umschlungen wurde. Unterhalb der Figur stand ein Name, den er nicht zu entziffern vermochte. Er konnte zwar rechnen, aber mit dem Lesen musste er noch bis nächstes Jahr warten. Auf der anderen Seite der Münze stand die Ziffer 1 und zwei Buchstaben, darunter die Jahreszahl 1950. Interessant, dachte der Junge. Was ihm jedoch am besten gefiel, war das silbrige Leuchten des Metalls, wenn er die Münze schräg gegen die Sonne hielt.

Eines Tages begab er sich zum Krämerladen um die Ecke und schaute sich die Auslage an. Sein Blick fiel alsbald auf eine Gruppe

Indianer, die sich zu Fuss oder hoch zu Ross rund um einen Wigwam versammelt hatten. Sie trugen unterschiedliche Kleidungen, Schmuck und Waffen. Jede Figur kostete einen Franken. Nach langem Überlegen wählte er einen knienden Schützen, der gerade einen Feind mit Pfeil und Bogen erschoss. Die Verkäuferin packte die Plastikfigur in eine Papiertüte, während er seine Münze aus der Hosentasche kramte. Er warf einen letzten Blick darauf und überreichte sie schweren Herzens der Frau.

Jahre später stand ein junger Mann vor dem Geldautomaten am Rande eines Parkplatzes und wollte ein Parkticket lösen. Er war eben seinem Sportwagen entstiegen und schien in Eile zu sein. Ein lautes Fluchen war zu hören, als er zum dritten Mal die Münze in den Automaten warf, diese jedoch augenblicklich wieder im unteren Schlitz herausrollte. Wütend hielt er die graue, matte und abgegriffene Münze zwischen seinen Fingern und warf sie schliesslich achtlos auf den Boden, wo sie einen Bogen vollführte und unter einem geparkten Wagen verschwand.

Kurze Zeit später kam ein Junge auf seinem Fahrrad daher, bremste brüsk und vollführte eine enge Kurve, ohne das runde Metall hinter dem Autoreifen auch nur einen Augenblick lang aus den Augen zu verlieren. Er stieg ab, lehnte sein Gefährt an den Parkautomaten und bückte sich, um die Münze aufzuheben. Er betrachtete sie zärtlich wie einen alten Schatz. Unter der Frau mit dem langen Gewand, dem Speer und dem Schild stand ein Name und auf der Rückseite fand er die Jahreszahl 1950. Die Münze war alt und schmutzig, aber das war ihm egal. Er würde sie behalten, und eines Tages würde sie wohl eine Million wert sein.

Distanz

Das Fest war bereits in vollem Gange. Entlang der Seepromenade reihte sich Stand an Stand, Zelt an Zelt. Das Wetter war ideal, ein herrlich warmer Sommerabend. Hunderte Menschen tummelten sich entlang des Seeufers, hielten da und dort inne, um mit Verwandten, Freunden oder Bekannten zu plaudern oder sich an einem der zahlreichen Imbissstände zu verpflegen. Von der Hauptbühne dröhnte laute Popmusik aus den mannshohen Lautsprechern, aber auch aus den kleinen Buden erklangen Ländlermusik, Jazz oder deutsche Schlagermelodien.

Plötzlich bildet sich an der schmalen Brücke über dem Bach ein Menschenstau. Junge und alte Festbesucher bleiben stehen, als sich zwischen einem Securitas-Beamten und einem Jugendlichen ein Wortwechsel entzündet. Der junge Mann um die zwanzig scheint ziemlich alkoholisiert zu sein. Er redet auf den etwa gleich alten Beamten in Uniform ein. Seine Stimme wird immer lauter, seine Aussagen immer giftiger. Er soll ihn nicht so dämlich anstarren, er habe nichts verbrochen. Er könne ihn ja zusammenschlagen, wenn er Lust dazu habe, aber er getraue sich eh nicht. Er sei ein elender Feigling.

Der Securitas-Beamte bleibt ruhig. Als der Jüngling ihm zu nahekommt, streckt er lediglich seinen linken Arm aus, um einen minimalen Abstand zu wahren. Wahrscheinlich so, wie er es in der Ausbildung gelernt hat. Immer wieder hält er den Arm ausgestreckt, um Distanz zwischen sich und dem zornig schreienden Mann zu wahren. Dabei versucht er, diesen mit Worten zu beruhigen, sagt ihm, er solle nach Hause gehen, was sein Gegenüber jedoch noch mehr erzürnt.

Die herumstehenden Leute verfolgen die Auseinandersetzung aus nächster Nähe, aber niemand hat den Mut, einzugreifen. Es bleibt ein Disput zwischen dem uniformierten Beamten und einem Partygänger, der die Kontrolle über sich schon längst verloren hat. Auch die Leute wahren Distanz zur Szene. Jenen Mindestabstand, der sie in einer vermeintlichen Sicherheit das Geschehen beobachten lässt, ohne in den Konflikt involviert zu werden. Wahrung der Neutralität oder Feigheit – je nach dem.

Ich spürte, wie es in meinem Inneren zu kochen begann. Am liebsten wäre ich hingegangen und hätte dem jungen Typ die Faust in die Fresse geschlagen, ihm mit einem gezielten Fusstritt die Eier püriert, ihm alle Schande gesagt. Aber eben – im Konjunktiv ist es leicht gesagt.

Schliesslich gelang es einigen seiner Kollegen, den alkoholisierten Jugendlichen am Arm wegzuführen. Der Menschenstau löste sich langsam auf. Irritiert wandte ich mich dem Festgelände zu und suchte mir einen Imbissstand. Aber die Wut im Magen hatte mir den Appetit verdorben.

Ein Mail ist kein Mail

Als ich heute nach einer tagelangen Odyssee bei Herrn Müller eintraf, wurde ich nicht gerade freundlich empfangen. Kaum war ich auf dem Bildschirm seines Laptops erschienen, begann er laut zu fluchen und zu schimpfen wegen der Verspätung, die ich in der Tat aufzuweisen hatte. Eigentlich hatte er mich schon vor drei Tagen erwartet, denn ich enthielt wichtige Informationen zu einem Geschäftsabschluss, für den er verantwortlich zeichnete. Offenbar war ihm aus meiner späten Zustellung nicht nur Ärger, sondern auch ein namhafter finanzieller Schaden entstanden. Ich entschuldigte mich also hochoffiziell bei ihm, was er jedoch nicht zur Kenntnis nahm. Ich wollte ihn auch über die Umstände aufklären, die zu dieser unentschuldbaren Verspätung geführt hatten, aber er hörte mir nicht zu.

So möchte ich nun - zu meiner Entlastung - Ihnen, geneigte Leserinnen und Leser, von meiner abenteuerlichen Reise berichten. Mein Absender war ein gewisser Herr Meier, ein Nachbar von Herrn Müller. Er hatte jenem vor vier Tagen mitgeteilt, auf einer Onlineplattform einen gebrauchten Rasenmäher zu einem äusserst günstigen Preis gesichtet zu haben. Daraufhin bat Herr Müller jenen, ihm den Link zu dieser Plattform zu senden, damit er sich das Stück ansehen und gegebenenfalls mitbieten konnte. Klar, dass ich die Trägerin des Links war, aber der kurze Weg sozusagen von Tür zu Tür entpuppte sich als wahrer Hindernismarathon.

Als ich Meiers Desktop nach einem Klick verlassen hatte, ging's nicht etwa geradewegs zu Müllers, sondern ich wurde noch an der Strassenbiegung auf eine Breitbanddatenbahn verfrachtet und in rasantem Tempo durch Deutschland Richtung England befördert. Meine Kolleginnen und Kollegen, die auf der gleichen Datenbahn unterwegs waren, trugen ihre Meldungen in hunderten Sprachen mit sich. Als London in Sicht war, verlangsamte sich mein Vorankommen und schliesslich kam es zu einem immensen Datenstau. Ich konnte mich weder vorwärts noch rückwärts bewegen, und zur Seite hin dürfen wir sowieso nicht ausser bei einer Abzweigung. Doch eine solche kam erst wieder, nachdem ich London schon längst hinter mir gelassen hatte. Der Datenhighway war nun wieder breiter und weniger befahren und dementsprechend kam ich auch schneller voran. Unter den Ozeanen verlaufen bekanntlich einige der grössten und schnellsten Verkehrswege, wie wir sie benutzen.

Aber ich hatte mich zu früh gefreut. Als wir uns der amerikanischen Küste näherten, kam es erneut zu einem Megastau und wir wurden von unzähligen Hochleistungsrechnern terrabiteweise auf Superfestplatten gespeichert, wo man uns auf Herz und Nieren prüfte. Wenn man da einmal im Wartesaal sitzt, kann das sehr lange dauern. Ganze drei Tage verbrachte ich mit Millionen anderer Mails in einer Warteschlaufe, bis sich schliesslich ein Programm meiner annahm. Endlich landete ich auf dem Computer eines Mister N. Essay, der mich jedoch schon nach wenigen Sekunden weiterklickte. Offenbar war mein Betreff „Rasenmäher" eher unverdächtiger Natur.

Nun machte ich mich schleunigst auf den Rückweg, geriet aber erneut in den unausweichlichen Londoner Abendverkehrstau. Shit happens, dachte ich, und fühlte mich erst wohl, als die heimatliche Landesgrenze überquert war. Noch ein paar Verzweigungen und ich erreichte schliesslich durch Müllers Garten dessen Laptop. Den Rest der

Geschichte kennen Sie ja bereits. Nun denn, es war noch einmail gut gegangen!

Engel

Die über dem offenen Feuer gebratene Wurst schmeckte wie immer vorzüglich. Sie war lecker und streckte ihre acht leicht angesengten Beinchen von sich. Das Loch, in dem die Haselrute gesteckt hatte, war deutlich zu sehen. Heiss war die Cervelat nicht mehr, und so konnte sie der Junge zwischen den Fingern halten und ein Beinchen nach dem anderen abbeissen, ohne sich den Mund zu verbrennen. Gierig schluckte er die Bissen hinunter und leckte sich jedes Mal die leicht fettigen Lippen. Er genoss den rauchigen Geschmack, der noch lange in der Nase und auf der Zunge zurückblieb.

Seine jüngere Schwester tat es ihm gleich. Sie sassen im Gras an der Sonne, etwas abseits ihrer Eltern, die an einem wackeligen Campingtisch auf bunt gestreiften Klappstühlen hockten. Sie tranken ein Glas Wein und assen die mit Salat garnierte Wurst aus einem hellgelben Plastikteller. Sie schienen in ein Gespräch vertieft zu sein und schenkten ihren beiden Kindern für einmal keine Aufmerksamkeit. Hier draussen am Waldrand war es so friedlich und ruhig. Keine Autos, die andauernd vor dem Haus vorbeifuhren und deren Abgase man auf dem Balkon riechen konnte. Eine leichte Brise wehte durch die Zweige der Laubbäume.

Plötzlich erhob sich der Junge und schaute sich um. Langsam bewegte er sich Richtung Waldrand, wobei er sich mehrmals umdrehte, um zu kontrollieren, ob ihm niemand folgte. Schliesslich blieb er vor einem mannshohen Busch stehen und schob sich den letzten, grossen Bissen Wurst ins Maul. Seine Backen blähten sich dadurch sichtbar auf, und er schmatzte zufrieden vor sich hin. Mit seinen beiden nun freien Händen machte er sich zuerst am Gürtel und dann an der kurzen Hose zu schaffen.
Es dauerte eine Weile, dann unterbrach er jäh sein Vorhaben und hob seine Arme wild gestikulierend in die Luft. Während seine linke Hand an den Hals griff, steckten die Finger der rechten im Hals des Jungen, wie um etwas zu suchen, begleitet von grunzenden Geräuschen. Sein Kopf wackelte hin und her und sein Maul stand weit offen, während die Augen immer bedrohlicher aus dem Kopf hervorstanden. Ausser dem Grunzen, welches vom Rascheln der Blätter im Wind übertönt wurde, drang kein Laut aus seiner Kehle.

Von hinten näherte sich seine Schwester. Neugierig blickte sie zu ihm hin und überlegte, was die bizarren Verrenkungen bedeuten sollten. Der Junge stand jetzt nicht mehr ruhig wie zuvor an Ort, sondern vollführte einen regelrechten Tanz, als ein schriller Schrei die Stille durchbrach. Das Mädchen eilte zum Tisch, an dem seine Eltern sassen und zeigte immer wieder in die Richtung ihres Bruders.

Sekunden später sprangen Vater und Mutter auf und rannten zum Waldrand. Während der Papa den Buben um die Hüfte packte und auf den Kopf stellte, griffen die Finger der Mutter immer wieder in den Rachen des Jungen, der wild mit seinen Beinen zappelte. Schliesslich brachten sie etwas zum Vorschein, das wie ein schleimiges, giftiges Tier auf den Boden geworfen wurde. Es war die Wursthaut, die im Hals stecken geblieben war.

Im gleichen Moment war ein Röcheln und Schnaufen wie von einem Ertrinkenden zu vernehmen, gefolgt von einem leisen Weinen, das sich nach und nach in ein trauriges Wehklagen wandelte. Der Vater stellte den Jungen wieder auf die Beine und redete beruhigend auf ihn ein. Die Mutter umarmte ihn und liess ihn nicht mehr los. Die Schwester stand weinend daneben und schluckte ihren Schmerz mit Tränen hinunter. Ihr weisses Hemd, das sie offen trug, wurde von einem Windstoss aufgeblasen, so dass man meinen konnte, sie trüge zwei Flügel auf ihrem Rücken.

Kalt

Je tiefer wir in den Keller vordrangen, desto kälter wurde es. Eine Tür um die andere wurde von Albert, den ich begleitete, geöffnet, während ich sie gewissenhaft wieder hinter mir schloss, wie wenn es gälte, die Kälte hier unten eingesperrt zu halten. Man hatte mich auf der Krankenstation des Spitals übers Telefon aufgeboten. Ich sollte mich beim Diensteingang im Erdgeschoss einfinden. Dort würde ich dann abgeholt. Als WK-Soldat trug ich normalerweise die Dienstuniform, aber als Sanitätssoldat war mir tagsüber erlaubt, im Spitaldienst die übliche weisse Hose mit dem entsprechenden weissen Kittel zu tragen. Und da es Spätsommer war, hatte ich es unterlassen, unter der Uniform einen warmen Pullover anzuziehen oder mir eine warme Jacke überzuziehen. Ich fror vom ersten Augenblick an, ohne zu wissen, dass dies erst der Anfang sein sollte.

Nach der Matura hatte ich zwei Monate lang in einem Spital gearbeitet – als Volontär. Das war, bevor ich ein Medizinstudium anfing, welches ich nach zwei Semestern enttäuscht abgebrochen hatte. Ich fühlte mich mit dem Spitalbetrieb durchaus vertraut,

konnte im OPS Augen- und Magenoperatio-
nen mitverfolgen, ohne dass mir dabei
schlecht wurde, ausser beim ersten Mal. Da
begann sich plötzlich in meinem Kopf alles
zu drehen, mir wurde heiss und kalt zu-
gleich, und schliesslich brachte man mich
nach draussen, wo ich mich beruhigte. Danach stand ich den Rest des Eingriffs ohne
Probleme durch. Auch der Kontakt mit den
Patienten machte mir Freude. Neben den
täglichen Putzarbeiten durfte ich nach kurzer Zeit unter Anleitung der Kranken-
schwestern Puls, Blutdruck und Fieber mes-
sen, später auch die eine oder andere Sprit-
ze verabreichen – intravenös, intramusku-
lär und subkutan wohlverstanden.

Beim militärischen Spitaldienst ging man
aber nicht so weit. In erster Linie waren
Reinigungsarbeiten angesagt, ab und zu
auch Transporte. An jenem Tag aber hatte
ich keine Ahnung, welche Art von Dienst
mich erwartete. Ein Krankenpfleger, dieser
Albert eben, der in etwa doppelt so alt war
wie ich – auch er im weissen Gewand - ge-
leitete mich in einen Kellerraum, in dem
man offensichtlich Nahrungsmittel kühlte.
Etwas Anderes konnte ich mir kaum vor-
stellen. Ich sah mich um, konnte aber im
Dunkeln keine Regale erkennen. Auch erin-

nerte mich kein Duft an irgendwelche Früchte, an Gemüse oder Fleisch. Es roch schlicht und einfach nach nichts. Es war einfach nur kalt.

Endlich knipste Albert eine Neonlampe an, die nur langsam zum Leben erwachte. Nun erspähte ich in der linken hinteren Ecke des sonst leeren Raums eine von einem Leintuch bedeckte Bahre, auf der sich etwas verbarg. In der rechten hinteren Ecke lehnte eine etwa mannshohe Holzkiste an der Wand, in der sich wohl Nahrungsmittel befunden hatten. Während ich hin und her überlegte, sagte der Pfleger zu mir: „Komm mal her!" Er kippte die Holzkiste zur Seite und hiess mich, sie am anderen Ende anheben. Wir trugen sie in die Mitte des Raums, wo wir sie auf den Boden stellten. „Und jetzt?" fragte ich neugierig, bedauerte jedoch sogleich meine Ungeduld. Albert machte ein Zeichen und wir schoben den Rollwagen samt Bahre neben die offene Kiste. Kurz darauf entfernte Albert das Leintuch. Zum Vorschein kam ein alter, nackter Mann - tot. Er war gelbgrün gefärbt und bis auf die Knochen abgemagert. Sein zahnloser Mund stand weit offen, seine geschlossenen Augen ragten merkwürdig aus ihren Höhlen hervor und seine spitzen Backenknochen drohten die dünne Wangenhaut zu durchstossen. Die Hände hielt er auf seinem flachen, grotesk eingefallenen Bauch wie im Gebet gefaltet. Jemand hatte sie wahrscheinlich in diese Position gebracht, um ihm ein würdigeres Aussehen zu verleihen. Der Tod hatte jedoch ganze Arbeit geleistet, denn alles andere an ihm hing irgendwie schlaff herunter: die Haut, die Haare, seine Extremitäten, der Resten Fleisch an den Knochen - sogar seine Männlichkeit. Umso deutlicher standen die Rippen hervor, die Gelenke, der Schädel war unheimlich scharf modelliert und jede Furche oder Beule war klar zu erkennen. „Siehst du das zum ersten Mal?", fragte mich Albert, nachdem ich einen Augenblick lang bewegungslos verharrt hatte. „Ja schon", sagte ich kleinlaut und stellte fest: „Kein schöner Anblick."

„Wir müssen ihn ankleiden und in den Sarg legen", meinte Albert und kramte Kleider aus einer schwarzen Tasche hervor, die sich auf dem Rollgestell befanden. Mir wurde schwindlig und die gelblich-weisse Haut des Toten verwandelte sich für einen Augenblick in ein flimmerndes Grün. Ich atmete tief durch und schüttelte den Kopf. Dann ergriff ich den linken Arm des Toten am unterkühlten Handgelenk, löste umständlich die ineinander verschlungenen Finger voneinander und schob ihn vorsichtig in den Ärmel des weissen Hemds, das Albert bereithielt. Dann richteten wir den Oberkörper des Leichnams auf, um ihm das Hemd überziehen zu können. Während ihn Albert von hinten stützte, hielt ich den rechten Arm an den kalten Fingern und zog ihn durch den Ärmel. Dann legten wir den Toten wieder hin und knöpften das Hemd zu. Zur äusseren Kälte gesellte sich nun eine Kälte, die mich im Innersten erzittern liess. Ich hatte Mühe, meine Hände unter Kontrolle zu halten. Und sprechen mochte keiner von uns beiden. Während ich den Kopf des Leichnams hielt, band ihm Albert eine dunkelblaue Krawatte um. Dann folgten eine weisse, viel zu weite Baumwollunterhose, eine lange, schwarze Flanellhose, graue Wollsocken und schwarze Lackschuhe. Zu guter Letzt zwängten wir den Widerspenstigen in eine schwarze Weste, welche perfekt zur Hose passte, ihm aber mindestens drei Nummern zu gross war. Mit einem Kamm frisierte Albert den Unbekannten, dessen Haare wie lange, weisse Fäden von seinem beinahe kahlen und mit dunklen Flecken übersäten Schädel herunterhingen.

„Jetzt noch in die Kiste", sagte Albert, „dann ist Schluss." Ich fühlte mich erlöst. Ich packte den Toten an den Knien und war überrascht, wie leicht sich der Leichnam anfühlte. Auch Albert hob den Oberkörper des Greises ohne ein Zeichen von Anstrengung von der Bahre, und wir legten ihn vorsichtig in den Sarg. Die überflüssige Kleidung stopften wir an den Seiten unter den leblosen Körper und Albert zauberte irgendwoher ein Kissen hervor, das er ihm unter den Kopf drückte. Es schien eine bequeme letzte Ruhestätte zu sein, einzig die glänzenden Lackschuhe ragten etwas über den Rand des Sargs hinaus. Ich betrachtete ein letztes Mal den Alten, dessen Hände wieder ineinander gefaltet waren. Und vielleicht täuschte ich mich in jenem Augenblick, denn mitten im Gesicht des Totenschädels erschien urplötzlich ein verschmitztes Lächeln.

Kein Entscheid ist auch ein Entscheid

Der Kleinbus bewegte sich nur im Schneckentempo vorwärts und blieb wiederholt im dichten Verkehr der Grossstadt stecken. Es wäre Zeit geblieben, um anzuhalten und auszusteigen. Doch er blieb sitzen, genauso wie die Frau an seiner Seite, welche seinen Oberarm fest umklammert hielt. Die beiden sassen da, genauso wie die drei anderen jungen Pärchen, die geduckt neben ihnen auf ihren Bänken hockten, als würden sie dem drohenden Schicksal auszuweichen versuchen, obwohl sie sich bereits entschieden hatten. Hatte er sich auch schon entschieden? Er wusste es nicht. Einen Entscheid hatte jedenfalls die Frau neben ihm gefällt, als sie ihm gesagt hatte, es mache keinen Sinn. Sie seien noch zu jung, um diese Verantwortung zu übernehmen. Die Äusserung entsprach jedoch eher seiner in den vergangenen Tagen und Wochen. Nur konnten sie den definitiven Entscheid nicht mehr länger hinauszögern.

Er blickte kurz auf und sah die Stadt hinter einem grauen Schleier vorüberziehen. Die Menschen eilten wie immer geschäftig durch die Strassen. Die Wirtshäuser und Läden standen bereits offen - wie immer um

diese Zeit. Es war Morgen und die Stadt erwachte gerade zum Leben. Nicht so er. Der
Alptraum dauerte an und er wäre froh gewesen, endlich aufwachen, aufspringen und
aussteigen zu können. Aussteigen aus einem
Alptraum, der ihn seit Wochen verfolgte
und aus dem es kein Entrinnen zu geben
schien, egal wie sie sich entscheiden würden. Das schlechte Gewissen hielt ihn gefangen. Alle Auswege, die ihm in den vergangenen Stunden durch den Kopf gegangen waren, führten ins Nichts.

Nun sass er im Kleinbus, der ihn und die
kleine Menschengruppe ihrem Schicksal mit
jeder Minute näherbrachte. Vielleicht noch
zwei, drei Kilometer bis zum Ziel. Dann war
es zu spät. Das wusste er. Im Schritttempo
waren es höchstens nochmals zwanzig bis
dreissig Minuten Bedenkzeit. Aber was war
schon eine halbe Stunde nach all den un-
endlichen Tagen und Nächten, in denen er
und die Frau nach einer Lösung gesucht
hatten? Wäre nicht jede Lösung besser, als
im Bus sitzen zu bleiben und sich nicht zu
entscheiden? Er hörte sich „Halt" rufen, sah
sich aussteigen und davonlaufen, dem
Schicksal enteilen. Aber es war ein stummer
Schrei, der in seiner Seele ertönte und langsam verhallte. Draussen nahm das unver-

meintliche Leben seinen Gang. Der Chauffeur fluchte, weil er zu spät dran war. Die anderen Mitreisenden hielten die Augen niedergeschlagen wie im Gebet. Was mussten sie fühlen und durchmachen? Er hätte es gerne gewusst, doch gesprochen wurde während der ganzen Fahrt kein lautes Wort.

Schliesslich hielt der Wagen vor dem Krankenhaus. Alle packten ihr Köfferchen und entstiegen langsam dem Wagen, unsicher, weil sich ihnen hier und jetzt die allerletzte Möglichkeit zur Flucht bot. Auch er blickte sich um, schaute nach einem Rettungsanker oder nach einem für die anderen unsichtbaren Zeichen. Aber die junge Frau zog ihn am Arm Richtung Hauptportal, und als sich die automatische Tür hinter ihnen schloss, wurde er sich bewusst, dass der Entscheid gefallen war und es von nun an kein Aussteigen mehr gab – weder für ihn noch für sie.

Drei Stunden später war es weg. Und doch war es noch da, war noch zugegen, würde auch morgen und übermorgen, in einem Jahr oder in zehn Jahren noch da sein. Würde sich festklammern und sie nie mehr loslassen. Würde sie verfolgen Tag und Nacht

bis in ihre fernsten Alpträume. Bis ans Ende
ihrer Tage.

Kopfvoran

Samstagnachmittag. Die Eltern waren mit dem wöchentlichen Autoputz vor der Garage beschäftigt, die abseits unserer Wohnung lag. Meine Schwester und ich blieben zu Hause. Da wir uns bald langweilten und draussen die Sonne schien, nahmen wir unsere Trottinette und kurvten ums Haus. Diese Kinderspielzeuge waren seit jener fernen Zeit, als wir sie unter dem Weihnachtsbaum gefunden hatten, nicht mehr wegzudenken und inzwischen als Allzweckfahrzeuge fester Bestandteil unserer Mobilität geworden. Mit ihnen konnte man Einkaufstouren unternehmen, Freunde besuchen, Slalom fahren, ein Rasenbord runterpreschen oder auch selbst gebaute Schanzen überspringen. Der einzige Nachteil: noch entbehrten die Vollgummiräder jeglichen Komforts und Kieswege oder Schlaglöcher erforderten ein Höchstmass an fahrerischem Können. Deshalb hielten wir uns auch in jeder freien Minute auf unseren Trottinetten auf und verschmolzen mit ihnen immer mehr zu einer Einheit.

An jenem fernen Samstagnachmittag also waren meine Eltern mit der Reinigung ihres neuen Opel Kapitän beschäftigt, den mein

Vater als Firmenwagen auch privat benützen durfte. Eine schwarze Karosse, auf die er mächtig stolz war und die auf alten, aber immerhin schon farbigen 8mm-Filmstreifen mehrfach verewigt war. Damals war es noch absolut üblich und zulässig, dass Herr und Frau Schweizer ihre edlen Familienkutschen Samstag für Samstag vors Haus stellten und stundenlang daran herumputzten, um sie für den sonntäglichen Ausflug ins Blaue schick zu machen. Als Kinder wurden wir allerdings nie gefragt, ob uns diese qualvollen Ausfahrten Vergnügen bereiteten oder nicht. Mir wurde auf der hinteren Bank immer schlecht, so dass ich zumindest den zweiten Teil der Reise vorne zwischen den Eltern verbringen durfte, ohne Sicherheitsgurten wohlverstanden und zum allgemeinen Missfallen meiner jüngeren Schwester, die natürlich alleine hinten sitzen bleiben musste.

Da meine Eltern also mit der Reinigung ihres Statussymbols beschäftigt waren und meine Schwester und ich uns ob der immergleichen Schlaufen und rund ums Haus zu langweilen begannen, kamen wir auf die Idee, eine grosse Runde zu drehen. Man gelangte über die damals noch schwach befahrene Hauptstrasse zu einem asphaltierten

Weg, der entlang eines Wäldchen zu einer anderen, kaum befahrenen Hauptstrasse hinunterführte, von wo aus man das Primarschulhaus erreichte. Dort musste man die Trottinetts den Hang hinauf nach Hause schieben. Diese aus festem Stahl geschmiedeten Fahrzeuge waren um einiges schwerer als die heutigen Kickboards und nahmen deshalb auch schneller Fahrt auf, was uns direkt zum eigentlichen Hauptteil dieser Geschichte führt. Kaum hatten wir also die Hauptstrasse überquert und den geteerten Weg unter die Vollgummiräder genommen, brauste uns der Fahrtwind so richtig um die Ohren. Als älterer Bruder hatte ich natürlich den Vortritt und fuhr meiner Schwester vor, was gleich darauf ihr Glück beziehungsweise mein Unglück sein sollte. Um die Geschwindigkeit zu erhöhen, vermieden wir es, die Bremse zu betätigen. Zudem duckten wir uns, machten uns möglichst klein, das Gesicht auf der Höhe der Lenkstange, die Augen zusammengekniffen, um dem Wind und den Mücken zu trotzen. In dieser Position verharrten wir, bis weiter unten die andere Hauptstrasse auftauchte, in die wir in einem grossen Bogen nach links einzubiegen gedachten. Als Vorfahrer wusste ich aber auch, dass die Chance, dabei auf ein von rechts heranfahrendes Fahrzeug zu treffen, nicht gerade null, aber doch eher als gering einzustufen war. Dummerweise verdeckte das Wäldchen die Sicht auf die Strasse und allfällige andere Verkehrsteilnehmer. Vorsichtshalber richtete ich mich etwas auf und lauschte, ob ein Motorengeräusch ein heranfahrendes Auto verriet. Der Fahrtwind verunmöglichte es mir jedoch, überhaupt irgendetwas zu hören, so dass ich mich auf gut Glück erneut duckte und mit Vollgas die Linkskurve einleitete. Just in dem Moment tauchte von rechts dieser Käfer auf, der wohl ebenso überrascht den heranbrausenden Jungen auf dem Trottinett erblickte und eine Vollbremsung ausführte. Wäre das Auto einfach weitergefahren, wäre wohl nichts passiert und ich hätte meine Kurvenfahrt schadlos überstanden. So aber baute sich vor mir eine regelrechte Wand auf und ich hatte in den wenigen Zehntelsekunden nicht einmal die Wahl, an welcher Stelle ich das Gefährt treffen wollte. Der Vorderteil schien mir zu gefährlich und die seitlichen Türen, die wahrscheinlich kurz zuvor poliert worden waren, glänzten hell und unantastbar im Sonnenlicht. Mein Bremsweg war zu lang, um eine Kollision zu vermeiden, und so kam es, dass das Vollgummivorderrad meines Trottinetts das linke Hinterrad des Käfers traf und ich in

hohem Bogen über den Boxermotor kata-
pultiert wurde. Mein Kopf schlug stirnvoran
auf dem Asphalt auf, obwohl ich die Lan-
dung reflexartig mit meinen Händen abzufedern versuchte. Betäubt blieb ich liegen.
Meine Schwester hielt unversehrt an. Der
Fahrer des Käfers stieg aus und versicherte
sich, dass mir nichts Ernstes passiert war.
Er erkundigte sich nach meinem Namen
und der Adresse, was mich unweigerlich
und augenblicklich in die Rolle des Täters
beziehungsweise des Schuldigen versetzte.
Ich begann zu heulen, aber weniger der
Kopfschmerzen oder der aufgeschürften
Hände und Knie wegen, sondern weil ich
zum Urheber eines Verkehrsunfalls ge-
stempelt worden war. Auch der Anblick
meines Trottinetts tröstete mich wenig,
denn es lag mit verbeultem Vorderrad und
einigen anderen Blessuren wie tot hinter
dem Käfer.

Nachdem ich mein havariertes Metallgestell
den gleichen Weg das Wäldchen entlang
mehr hinaufgetragen als geschoben hatte,
erreichten wir unser Wohnhaus, wo ich
mich, da die Wohnungstür verschlossen
war, ins kühle Treppenhaus setzte, vor mich
hin schluchzte und mein Unglück bedauerte.
Meine Schwester machte sich auf den Weg

zu den Eltern, die von der Autoreinigungs-
aktion noch immer nicht zurückgekehrt
waren. Kurze Zeit später lag ich im Bett.
Nachdem mein Vater mit einem Wasserglas
meine riesige Beule auf der Stirn behandelt
und der eiligst herbeigerufene Notarzt eine
Hirnerschütterung diagnostiziert hatten,
tauchte zu guter Letzt noch der Fahrer des
Käfers auf, welcher sich sich als Verkehrs-
polizist entpuppte. Als er beim Abschied
verlauten liess, er wolle mich und meine
Schulklasse anlässlich unserer Bekannt-
schaft einmal besuchen, fiel ich beinahe ins
Koma. Es braucht nicht erwähnt zu werden,
dass ich mich in den kommenden Wochen
jedes Mal, wenn es an der Klassenzimmer-
tür klopfte, am liebsten in ein Loch verkro-
chen hätte. Doch der Besuch blieb aus. Vielleicht hatte der Polizeibeamte ja ein ebenso
schlechtes Gewissen wie ich gehabt ...

Nachbarn

Wir hatten uns den Stellplatz für unseren *Camper* sorgfältig ausgesucht, waren wir doch inzwischen richtige Profis im Fahren und Parken unseres 3,5-Tonnen Ungetüms, das über Allradantrieb und 350 PS verfügte. Die grossen Räder kamen mit jeder Art von Strasse zurecht, vom feinsten Asphalt bis zum gröbsten Kieselbelag mit Schlaglöchern so tief wie eine Pfanne, weshalb man letztere auf Englisch auch *pot holes* nennt. Nach einigen hundert Kilometern ist man dann wirklich froh, ein ruhiges Plätzchen abseits von Strasse und Leuten zu finden, an dem man eine Verschnaufpause einlegen kann. Auf den privaten Campingplätzen ist das jeweils schwierig bis unmöglich, weil die jeden Tag eine gewisse Rendite abwerfen müssen. Also befindet man sich in Reih und Glied neben Campern, die es vom Ausmass her locker mit Sattelschleppern aufnehmen können. Sind die einmal parkiert, kann man an ihren Seiten hydraulisch zusätzliche Wohn-, Ess- oder Schlafzimmer ausfahren. Neben einem solchen Monster Auge in Auge zu parken, ist wahrlich nicht angenehm, aber nicht immer vermeidbar. Dafür bekommt man einen Wasser- und Stromanschluss sowie ein Loch fürs Abwasser und in der Regel freien Interzugang. Annehmlichkeiten, von denen man auf den staatlichen *Campgrounds* nicht einmal träumen sollte.

Der Stellplatz, für den wir uns an jenem Tag entschieden hatten, lag inmitten eines Provinzparks, weitab der Zufahrtsstrasse und etwa 80 Kilometer von der nächsten Ortschaft entfernt, die nur über eine holprige *Gravel road* erreichbar war. Ein See lag in unmittelbarer Nähe und das Rauschen eines Wasserfalls entzückte unsere Sinne. Es duftete nach Holz, Gras und Blüten. Wir waren gerade dabei, ein einfaches Abendessen vorzubereiten, als ein Personenwagen direkt neben unserem *Camper* parkte. Kaum war der Motor ausgeschaltet, öffneten sich beidseitig die Wagentüren und man vernahm laut und deutlich, dass es sich um Deutschschweizer handelte. Das junge Pärchen diskutierte und gestikulierte lauthals, wohl weil sie sich über den zu wählenden Standplatz für ihr Fahrzeug gestritten hatten. Während ich mein Gehör auf *off* schaltete, verdrehte meine Frau bereits die Augen. Ist das nötig, hörte ich sie murmeln. Ich zuckte mit den Schultern und widmete mich dem Gemüse. Leben und leben lassen, dachte ich für mich.

Kurze Zeit später blickte ich aus dem Fenster und traute meinen Augen nicht. Die beiden begannen ihren Mietwagen auszupacken und hatten in kürzester Zeit nebst einem Holztisch den grössten Teil ihres Teils des Standplatzes mit Campingutensilien bedeckt. Töpfe und Behälter jeglicher Art und Zweck waren auf dem Tisch verteilt, während darum herum die Zelt- und Schlafausrüstung sowie die Kleider ausgebreitet wurden. Zwischen zwei Bäumen hing bereits eine Wäscheleine, an der diverse bunte Kleidungsstücke im Abendwind baumelten. Es sah aus wie auf einem Jahrmarkt. Während die junge Frau einen Gaskocher in Gang zu setzen versuchte, um den Inhalt einer farbigen Dose aufzuwärmen, hatte sich ihr Gefährte bereits an den Aufbau des Zelts gemacht. Es handelte sich nicht um eines jener hässlichen Chalets, die mit Vordach und mehreren Schlafzellen leicht einen grossen Wohnwagen in den Schatten stellen konnten. Sie hatten lediglich ein kleines Zweierzelt dabei, in dem man nur sitzend und liegend Platz fand. Mich schauderte die Vorstellung, darin auch nur eine einzige Nacht zu verbringen, obwohl ich in jungen Jahren wochenlang mit einem ebensolchen unterwegs gewesen war. Ich roch die feucht-stickige Luft, die normalerweise darin herrschte, und verfluchte den engen Raum, wo man ausser einer Zahnbürste kaum etwas unterbringen konnte. Der junge Mann hatte offenbar den Hammer für die Heringe vergessen oder verloren, jedenfalls hämmerte er mit einem Stein auf die Metallstifte ein, die sich einer nach dem anderen langsam aber sicher durchbogen. Immer wieder musste er sie geradebiegen, obgleich sie sich beim nächsten Versuch noch schneller krümmten. Langsam verschob er die Zeltplane in Richtung unseres *Campers*, wo der Boden etwas weicher schien. Aber auch dort befand sich unter einer dünnen Schicht Erde vor allem harter Fels und undurchdringliches Wurzelwerk.

Immer weiter schob er deshalb die Plane gegen unseren Standplatz herüber, so dass das Hämmern auch meiner Frau auffiel. Sie stand auf und trat ans Fenster. Das gibt es doch nicht, hörte ich sie rufen. Obwohl ich sogleich wusste, was sie meinte, fragte ich arglos, was denn los sei. Diese Trottel stellen ihr Zelt auf unserem Standplatz auf, meinte sie empört. Unser Standplatz ist doch immer noch gross genug für das kleine Zelt, sagte ich vorsichtig. Der Boden auf der anderen Seite scheint zu steinig zu sein für

die Heringe. Ist mir egal, meinte sie gnaden-
los und begann jede Bewegung des Jüng-
lings mit Argusaugen zu überwachen. Schau
dir mal dieses Chaos an, ist ja unerhört,
meinte sie abschätzig. Der stellt wohl sein
Zelt zum ersten Mal auf, fügte sie hinzu. In
der Tat gelang es ihm kaum, mit seinem
Steinhammer auch nur einen einzigen He-
ring ordentlich einzuschlagen, ohne dass
sich dieser nicht augenblicklich verbog, als
wäre er aus Gummi. Ich spürte, wie Mitleid
in mir aufkeimte, denn ich hatte als junger
Pfadfinder ähnliche Situationen erlebt und
viel daraus gelernt. Gerade, als ich dem jungen Mann einen Ratschlag erteilen wollte,
wie er das Problem lösen könnte, fuhr der
Truck eines Rangers vor und hielt an. Er
kam, um die tägliche Standplatzmiete einzu-
treiben. Blitzschnell öffnete meine Frau die
Tür des *Campers* und trat auf die Schwelle,
wo sie mit eiserner Miene verharrte. Immer
wieder schweifte ihr Blick vom Ranger zum
Zelt und zurück. Als sie dem Mann die er-
forderlichen Dollarscheine in die Hand
drückte, sagte jener mit fragendem Blick:
Too close? Ja, tatsächlich, meinte sie, und
nickte mit dem Kopf. Der Ranger ging zum
Jüngling und machte ihm klar, dass sich sein
Standplatz mehrere Meter weiter weg auf
der anderen Seite der Lichtung befand.

Leicht verstört packte dieser Zeltplane und Heringe und verschwand auf der anderen Seite zwischen den Bäumen.

Ich war stolz auf meine Frau, weil sie unser Revier mutig verteidigt hatte, aber auch etwas enttäuscht über meine Nebenrolle, die ich in diesem Zwist gespielt hatte. Ich war froh, wieder genug Distanz zum Nachbarn halten zu können. Das Zelt gleich neben unserem *Camper* hätte mich nämlich auch gestört. Und so kehrten wieder Ruhe und Frieden ein und wir konnten unsere Mahlzeit richtig geniessen. Später kamen wir auf unserem abendlichen Rundgang am Zelt der Nachbarn vorbei. Es hatte sich gelohnt, ihn wegzuweisen, denn er hatte inzwischen die Lösung für sein Problem gefunden. Sein Zelt stand fein säuberlich zwischen den Bäumen. Die oberen Eckpunkte waren mit Schnüren und Seilen an den Ästen befestigt, während die unteren vier Ecken von schweren Steinen festgehalten wurden. Und auch die Unordnung rund um den Tisch war weg. Man möchte ja nicht unbedingt einen Bären zu Besuch, wenn man die Nacht im Zelt verbringt. Hatte da vielleicht der Ranger noch ein ernstes Wörtchen mit unseren Nachbarn geredet?

9/11

Gerade hatte ich die Mittagsnachrichten im Fernsehen eingeschaltet, als ich den Turm mit seiner schwarzen Rauchfahne erblickte, vor dem ich viele Jahre zuvor selber einmal gestanden hatte. Es war an einem Dienstag, kurz vor Mittag. Eigentlich sollte ich an einem Arbeitslunch teilnehmen, zusammen mit meinen Kolleginnen und Kollegen, oben im Sitzungszimmer. Gebannt stand ich im Klassenzimmer und starrte auf den Bildschirm meines TV-Geräts, auf dem sich Ungeheuerliches ereignete. Die Live-Schaltung war echt, kein Zweifel. Es handelte sich nicht um einen jener Spielfilme der übelsten Sorte. Nein, da war alles echt: die Türme, das Feuer, der Rauch, die Reporter, das Geschrei der Menschen und das Heulen der Sirenen. Bald war mir klar, dass keine Feuerwehr der Welt dieses Unheil stoppen oder den angerichteten Schaden wiedergutmachen konnte. Aber trotz allem sagte eine Stimme in mir, dass dies alles nicht real sein konnte.

Nach wenigen Minuten sprang ich die Treppe hinauf ins Sitzungszimmer, wo sich bereits einige Kollegen aufhielten. Ich berichtete ihnen vom eben Gesehenen, worauf wir gemeinsam wieder nach unten rannten und bestürzt die unfassbaren Bilder widerwillig in uns aufsogen. Es konnte einfach nicht sein, dass ein Turm von dieser Grösse in Flammen stand. Und kurz darauf auch der zweite. War es ein Flugzeug oder nur der dunkle Schatten eines solchen? Die ungeheure Explosion liess das Schlimmste erahnen. Kurze Zeit später sah man, wie sich an den Seiten der vierhundert Meter hohen Gebäude Menschen in den Tod stürzten, um nicht in den Flammen umzukommen. Es war surreal und unvorstellbar, dass sich so etwas ereignen konnte. In schlechten Hollywood-Streifen taucht an dieser Stelle und just in diesem Augenblick jeweils ein Held, ein Superman, auf, um das Böse aufzuhalten und die Unschuldigen zu retten. Aber vergeblich hofften wir auf einen Deus ex machina. Sogar die Kameraleute schienen ihren Augen nicht zu trauen. Jedenfalls liessen sie das Bild stehen, das für sich sprach und das keine kurzatmigen Schnitte benötigte, um unser Blut gefrieren zu lassen. Die schwarze Rauchfahne wurde immer länger und dichter, sie bedeckte das ganze Stadtzentrum und setzte sich in unseren Seelen fest.

Nach einer gefühlten Ewigkeit meinte ein Kollege, wir sollten jetzt eigentlich die Sitzung abhalten. Er verliess das Zimmer und die anderen folgten ihm. Schliesslich machte ich mich widerwillig ebenfalls auf den Weg nach oben, ohne den Fernseher auszuschalten, in der Hoffnung, bei meiner Rückkehr ein Happy End vorzufinden. Die Sitzung verlief ohne mich. Die beiden brennenden Türme und die schwarze Rauchfahne vernebelten mir den Blick auf die Traktandenliste. Ich vernahm zwar die Stimmen meiner Arbeitskollegen, ihren Ausführungen vermochte ich jedoch nicht zu folgen. Mein ganzer Körper war von einer tiefen Ungläubigkeit verschlungen worden und liess mich keinen vernünftigen Gedanken mehr fassen. Ausserdem erschienen mir die besprochenen Themen derart nichtig und klein, angesichts dieses historischen Unheils, welches die Welt für immer verändern würde. Und dabei meinte ich nicht nur die Welt, sondern auch meine Welt mit ihren Gesetzmässigkeiten und Regeln. Die unterschiedlichen Realitäten drohten mich zu zerreissen, aber ich verharrte am Tisch bis zum bitteren Ende der Sitzung.

Als ich wieder ins Klassenzimmer kam, bot sich mir der gleiche Anblick wie zuvor. Nur dass das Feuer sich inzwischen durch zusätzliche Stockwerke gefressen hatte und die Rauchsäulen der beiden Türme noch dunkler und bedrohlicher waren. Ich hockte mich auf die vorderste Bank und versuchte mich zu fassen. Da passierte, was ich von Anfang befürchtet hatte, aber nicht zu denken wagte. Der erste der beiden Türme sackte sekundenschnell in sich zusammen, kurz darauf auch der zweite. Während mir der Atem stockte und ich nach Luft rang, schossen mir Tränen in die Augen. Tränen der Trauer und Tränen der Wut. Trauer über die Tatsache, dass mein heiles Bild der westlichen Welt wie ein Kartenhaus einstürzte; Wut auf jene Menschen, die imstande waren, eine solche Schandtat zu vollbringen. Und während für die Helfer und Opfer in Manhattan jede Minute, jede Sekunde zählte, blieb für mich an jenem Dienstagnachmittag einen Augenblick lang die Zeit stehen.

Der Flaschengeist

Ich hatte die Gruppe junger Leute schon seit geraumer Zeit beobachtet, die am Strand lagen und dabei waren, eine Flasche hochprozentigen Alkohols, wahrscheinlich Whiskey, zu leeren. Es war frisch, ein kühler Wind blies vom Meer her über den Sand, und ich staunte, dass die Teenager, die kaum zwanzig Jahre alt sein durften, in ihren Badehosen und Bikinis ausharrten, obwohl sie zu frösteln schienen. Sie hatten sich kreisförmig nahe aneinandergeschmiegt, um sich warm zu halten. Drei Jungs und drei Mädchen, in der Mitte die Flasche.

Sie redeten miteinander, ohne weiter aufzufallen. Es hatte ohnehin nur wenige Leute am Strand an jenem bewölkten Nachmittag. Gelegentlich ertönte ein lautes Lachen, dann wieder gedämpftes Gemurmel. Ich verstand nicht, was gesprochen wurde. Ein braunhaariger Junge hatte dem blonden Mädchen neben sich seinen Arm über die Schultern gelegt und signalisierte Besitzanspruch. Das Mädchen liess es geschehen, blickte jedoch immer wieder zum schwarzhaarigen Jungen gegenüber und lächelte ihm zu. Die Braunhaarige daneben hat diesem ihren Arm über den Rücken gelegt, wie um ihn zu beschützen, zu wärmen. Sie schaute immer wieder besorgt zum blonden Mädchen, die möglicherweise ihre Freundin war.

Die Flasche ging reihum. Alle tranken daraus, aber der Schwarzhaarige hielt sie besonders lange in der Hand und führte sie gleich mehrere Male zum Mund. Dann reichte er sie weiter ans blonde Mädchen gegenüber. Als sie nach der Flasche griff, zog er diese zurück und grinste. Ihre Augen weiteten sich und sie sagte etwas zu ihm. Der Junge gab ihr die Flasche und erwiderte etwas, was ihr ein weiteres Lächeln entlockte. Daraufhin nahm der braunhaarige Junge seinen Arm von ihren Schultern und verzog seine Mundwinkel. Dann ergriff er die Flasche und nahm einen grossen Schluck. Der dritte Junge unterhielt sich mit dem dritten Mädchen rechts von ihm, schnitt Faxen und brachte dieses immer wieder zum Lachen. Er schien jemanden zu imitieren.

Einige Möwen kreisten über dem Meer, während einige der Vögel den Strand entlang spazierten und da und dort in den Sand pickten, wenn sich das Wasser zurückzog. Ein paar Mütter bauten mit ihren Kindern Burgen und Strassen. Ein Jogger lief mit gemächlichem Schritt den nahen Klippen entgegen. Aus dem nahen Städtchen ertönte eine Glocke vier Mal. Der Schwarzhaarige schaute auf die Uhr, packte die leere Flasche und stand langsam auf. Dann torkelte er Richtung Strand und warf sie in hohem Bogen ins Meer. Die anderen fünf beobachteten ihn dabei, lachten und riefen ihm etwas zu. Er kehrte ihnen den Rücken zu, dann schritt er zu ihnen zurück und sie standen ebenfalls auf. Der Braunhaarige ging voran Richtung Strasse, gefolgt vom dritten Jungen mit den beiden anderen Mädchen. Mit etwas Abstand folgten der Schwarzhaarige und die Blonde, die den Jungen, der bedenklich schwankte, um die Taille hielt und ihn stützte. Beim Gehen legte er seine Wange an ihren Kopf.

Ich wandte mich wieder meiner Zeitung zu, während sich die Gruppe Jugendlicher zwischen den bunten Häusern des Städtchens verlor.

Reise ans Ende der Welt

Es war einmal ein Jüngling. Eines Tages entschied er sich, sein Leben grundlegend zu verändern. Zu diesem Zwecke wollte er ans andere Ende der Welt reisen. Auf seiner monatelangen Reise mit der Eisenbahn, auf dem Schiff und mit der Kutsche traf er unzählige Menschen, denen er von seiner Absicht erzählte. Die meisten lächelten und sahen ihn ungläubig an. Dies spornte den Jungen umso mehr an, ihnen von seinen Zukunftsplänen zu berichten.

Bald merkte er jedoch, dass ihn niemand wirklich ernst nahm. So hielt er sich je länger je mehr von den Menschen fern und verschloss seine Geheimnisse in seinem Herzen. Er glaubte fest daran, dass sie sich eines Tages realisieren würden.

Als er schliesslich auf einer Insel am anderen Ende der Welt ankam, stellte er fest, dass das Leben dort nach den genau gleichen Gesetzen verlief wie zu Hause. Die Menschen arbeiteten hart für ihr tägliches Brot und die Sonne schien auch nicht auf alle Häuser im gleichen Masse. Der junge Mann übte verschiedene Berufe aus, nahm sich eine Frau, mit der er sechs Kinder hatte, bevor er mit dem Gedanken spielte, in seine alte Heimat zurückzukehren.

Inzwischen hatten sich seine Haare grau gefärbt, aber er hätte gerne gewusst, wie das Leben zu Hause in seiner Heimat verlaufen war. Er war jedoch zu alt und zu schwach, um eine solch weite und strapaziöse Reise anzutreten. So sass er immer öfter vor seinem Haus in einem alten Schaukelstuhl, vor seinen Augen die Weite des Himmels und des Ozeans, der Wälder und der Seen.

Eines Abends rief ihn seine Frau zum Essen. Als er nicht wie üblich in der Tür erschien, fand sie ihn auf der Veranda mit einem zufriedenen Lächeln im Gesicht.

Selbstjustiz

Die Menschenmasse drängte sich auf den Platz, wo sich die Endstation des Trams befand; jene gelben Trams, die in einem aufwändigen Verfahren in einer Dreieckbewegung gewendet werden mussten, damit sie Minuten später wieder stadteinwärts fahren konnten. Sie bogen vorwärts in eine Seitenstrasse ein, die zu einer der zahllosen Favelas führte, um gleich anschliessend rückwärts in die Hauptstrasse zurückzufahren. Anschliessend ging es wieder vorwärts zur eigentlichen Haltestelle, welche an jenem heissen Nachmittag bereits von einer Menschenschar bevölkert war.

Als die Horde laut johlend vorüberzog, wurde in ihrer Mitte ein lebloser Körper sichtbar, der von mehreren Personen getragen wurde. Gellende Schreie und dumpfe Rufe waren immer deutlicher zu vernehmen. Es sah eher nach einem Protestzug als einem Trauerzug aus. Auch Kinder und Jugendliche hatten sich der Menschenmenge angeschlossen und skandierten ebenfalls unverständliche Parolen. Einige der Menschen erhoben immer wieder ihre Fäuste und schüttelten sie heftig im Zorn.

Plötzlich kam Bewegung in die Menge. Ein junger Mann mit nacktem Oberkörper lief im Zickzack an der Tramhaltestelle vorbei in Richtung einiger parkierter Fahrzeuge, verfolgt von einer Gruppe Gleichaltriger in zerrissenen T-Shirts, welche ihm den Weg abschnitten. Hinter den Autos lag ein Abhang, wo es kein Entkommen gab. Der Jüngling versuchte, sich hinter einem weissen Lieferwagen zu verstecken, doch die Bande entdeckte ihn augenblicklich. Sie bildeten einen Kreis ums Fahrzeug, der sich langsam aber sicher schloss. Vom jungen Mann war nichts mehr zu sehen. Während der Menschenzug mit dem leblosen Körper die Strasse entlang weiterzog, sprangen und hüpften die jungen Männer laut schreiend hinter dem Lieferwagen auf und ab. Es dauerte eine gefühlte Ewigkeit, in Realität aber kaum eine Minute. Mit einem Mal lief ein schmales, dunkelrotes Rinnsal unter dem Lieferwagen hervor und über den Rand des Trottoirs in den Strassengraben. Dann wurde es still.

Während sich die Meute in alle Richtungen verstreute, versammelten sich die Schaulustigen an der Haltestelle. Ein Tram näherte sich mit dem üblichen Gequietsche und eine Polizeistreife raste mit eingeschalteter Sirene aus der Gegenrichtung heran. Das Tram hielt an und die Leute sprangen von ihren Sitzen. Dem Polizeiauto entstiegen zwei Beamte in Uniform. Sie gingen auf die Gruppe wartender Leute zu. Diese zuckten mit den Schultern. Einer deutete mit dem Kopf in Richtung Lieferwagen. Die Beamten gingen gemächlich zum weissen Fahrzeug und verschwanden dahinter. Nach einer Weile kam der eine der beiden wieder hervor. Er sprach in ein Funkgerät und blickte nach links und nach rechts. Dann zuckte auch er mit den Schultern und klemmte sich das Gerät an seinen Gurt.

Es war sehr heiss an jenem Nachmittag. Da wusste man nicht genau, ob das, was man gesehen hatte, wirklich passiert war oder ob man es sich bloss eingebildet hatte. Und die ganze Wahrheit hinter der Wirklichkeit wäre ja nochmals eine ganz andere Geschichte.

Spucken verboten

Schon als kleiner Junge waren ihm jene schwarzweissen Täfelchen mit der obigen Aufschrift aufgefallen und er fragte sich damals, wem es denn überhaupt je in den Sinn gekommen sein konnte, mitten in einem Tram auf den Boden zu spucken. Er versuchte immer und immer wieder, sich eine derartige Spuckszene vorzustellen. Die Schildchen blieben noch einige Jahre in den alten Trams hängen, bis sie schliesslich mitsamt den Trams verschwanden.

Heute scheint Spucken aber wieder gross in Mode zu sein. Vor allem in Fussballstadien und insbesondere auf dem heiligen Rasen derselben überbieten sich die hochbezahlten Profis geradezu mit ihren Spuckorgien. Dass sie dabei auch von ihren jüngeren Fans und kleinsten Bewunderern beobachtet und nachgeahmt werden, scheint sie nicht zu stören. Spucken, was das Zeug hält, lautet die Devise.

Zwei Jugendliche im Alter von etwa zwanzig Jahren warteten aufs Tram. Beide rauchten eine selbstgedrehte Zigarette. Die Asche wurde nach jedem Zug achtlos auf den Boden geschnippt. Zusätzlich spuckte einer der beiden ebenfalls nach jedem Lungenzug auf den Bahnsteig. Nicht einmal, nicht fünfmal, nein, rund zwanzigmal spuckte er nach jedem Zug am Glimmstengel auf den Boden, bis schliesslich sein Tram einfuhr. Vor dem Einsteigen schnippte er den Zigarettenstummel achtlos zwischen die Tramgeleise.

Die umstehenden Leute blickten distanziert und angewidert auf die beiden Jünglinge, aber niemand sagte etwas. Alle dachten sie das gleiche, aber keiner wagte es hinzugehen und den einen Kerl aufzufordern, mit dem Spucken aufzuhören. Wegschauen statt Hinschauen. Warum eine Auseinandersetzung mit einem Jugendlichen riskieren, dessen Reaktion unvorhersehbar war? Wie würde man reagieren, wenn der Jüngling auf einen losginge oder – noch schlimmer – einen anspucken würde? Man konnte es nicht wissen. Und all die Leute auf dem Bahnsteig wussten es offenbar auch nicht.

Eigentlich schade, dass es keine Schildchen mehr gibt wie früher. Da war noch klar, was man durfte und was nicht.

Vaterunser

An jenem Tag war ich mit dem Fahrrad zur Schule unterwegs. Am Mittag war es noch sonnig, aber da es Sommer war, bauten sich im Laufe des Nachmittags Quellwolken auf und es sah immer mehr nach einem Gewitter aus. Als ich die Schule verliess, hingen bereits graue Regenwolken über der Stadt. Ich musste mich beeilen und trat deshalb mit ganzer Kraft in die Pedale, überholte stehende Autos, überquerte Tramschienen und schmuggelte mich bei Orange über die Kreuzung. Schliesslich erreichte ich die Steigung, die mich den Hügel hinaufführte. Ich schaltete vom dritten in den zweiten Gang, und dann in den kleinsten, den ersten. Mein schwerer Engländer bewegte sich nur langsam den Hang hinauf. Schweiss rann mir das Gesicht und den Rücken hinunter. Bald schon war ich aus dem Sattel und wuchtete das Gefährt mit heftigen Tretbewegungen vorwärts.

Inzwischen wurde es Nacht, obwohl es erst vier Uhr nachmittags war. Vereinzelt zuckten Blitze am Horizont und erstes Donnergrollen war zu vernehmen. Während des Fahrens zählte ich die Sekunden zwischen Blitz und Donner. Im Takt der Pedale zählte ich bis zwölf. Zwölfmal dreihundert Meter ergibt rund dreieinhalb Kilometer. Immer wieder zählte ich die Sekunden, derer immer weniger wurden, und multiplizierte sie mal dreihundert.

Vollkommen verschwitzt kam ich endlich auf dem Hügelrücken an, als es zu regnen begann. Es kam mir vor, als geriete ich unter einen Wasserfall. Gleichzeitig peitsche mir der Wind die Regentropfen ins Gesicht und im Nu war meine Kleidung durchnässt. Ich hatte aufgehört zu zählen. Auf den Blitz folgte nach wenigen Sekunden der Donner. Links und rechts der Strasse standen Obstbäume, deren Äste sich im Wind bogen. Mein schwerer Engländer war aus massivem Stahl geschmiedet, schoss es mir durch den Kopf. Sollte ich besser absteigen und mich unter einen Baum stellen?

Martin Luthers Bekehrungsgeschichte fiel mir ein. Ich begann ein Vaterunser zu beten, während ich wie wild in die Pedale trat. Nur noch wenige hundert Meter trennten mich vom sicheren Hafen. „Vater unser, der du bist im Himmel ...", begann ich immer und immer wieder von Neuem. Aber ich kam nie weiter als bis zur Stelle „dein Reich komme", dann zerriss schon der nächste Blitz die gespenstische Kulisse und das Krachen des Donners lähmte zunehmend meine Wahrnehmung. Die letzte Kurve kam in Sicht. Den Kopf tief zwischen die Schultern geduckt, raste ich die Zufahrt hinunter und bremste im allerletzten Moment vor dem Garagentor, riss die Schultasche vom Gepäckträger und rannte zur Haustür.

Im Innern des Hauses herrschte eine wohltuende Ruhe. Gott hatte mich noch einmal davonkommen lassen. Er hatte mein – wenn auch unvollständiges - Gebet erhört und mich verschont. Im Salon vernahm ich Stimmen. Ich hängte die nassen Kleider an die Garderobe und schlich mich auf nackten Sohlen durchs Esszimmer ins Wohnzimmer. „Wie siehst denn du aus?" tönte es wie aus einem Mund. „Hat dich der Teufel verfolgt?". - „Nein, nicht der Teufel.", antwortete ich leise. „Ich glaube eher, es war der liebe Gott."

Der Ameisenstier

In Spanien werden Stierkämpfe auch im Fernsehen übertragen. Zumindest war das zu jener Zeit so, als wir mit den Eltern zwei Wochen lang in einem Hotel weilten, wo jeden Nachmittag eine live-Übertragung eines Stierkampfes stattfand. Der damalige Held der Arena hiess El Cordobés, der seine Karriere als Stierkämpfer im Jahre 1959 begann und nur vier Jahre später im Alter von 27 Jahren seine Prüfung als Matador ablegte. Danach betrieb er sein blutiges Handwerk bis ins Jahr 1971, kehrte jedoch sporadisch in die Arena zurück, um erst im Jahre 2000 seinen definitiven Rücktritt zu nehmen. Wie viele Stiere er in seiner Laufbahn hingerichtet hat, ist schwer abzuschätzen. Seine Arbeitskollegen waren hingegen der Ansicht, dass es sich mehrheitlich um eher harmlose Rindviecher handelte, die zu töten keine Kunst gewesen sei. Und so agierte der spätere Filmschauspieler auch in der Arena mit unorthodoxen, pseudodramatischen Einlagen, um die Aficionados zu begeistern, die ihm zujubelten und Blumensträusse zuwarfen.

Eigentlich hatten wir Kinder Mitleid mit dem Stier und freuten uns über jene Augenblicke, in denen er den Torero zum Rückzug zwang. Oder auf jenen Moment, in dem die Gehilfen des Matadors diesem zu Hilfe eilen mussten. Oder auf jene Szene, in welcher der Stier den Stierkämpfer auf die Hörner nahm und durch die Luft wirbelte. Tatsache war jedoch, dass letztlich stets der leblose Stier aus der Arena geschleppt wurde und der Matador vom Publikum die ihm zustehenden Ovationen entgegennehmen durfte, selbst wenn der schmerztaube Stier erst nach unzähligen Todesstössen mit dem Degen zu Boden gesunken war. Dieses einseitige Schauspiel betrachteten wir fasziniert und irritiert immer wieder aufs Neue.

Als wir an einem schwülheissen Nachmittag am Strand im Sand sassen und warteten, bis die von den Eltern verordnete Siesta vorbei war, fiel uns eine Ameise auf, die in unseren Kinderaugen ein wahres Monster zu sein schien. Sie war mindestens zehnmal so gross wie eine normale Ameise, konnte sich aber im feinen Sand nur langsam fortbewegen. Schnell hatten wir einen Wall um sie herum aufgeschichtet, damit sie uns nicht mehr entwischen konnte. Wenn sie sich dem Rand des Sandhügels näherte, gaben die Sandkörnchen nach, und so sehr das Tier strampelte und sich bemühte, das Hindernis zu überwinden, an ein Entkommen war nicht zu denken. Ausserdem suchten wir nach langen Gräsern und dünnen Zweigen, mit denen wir die Monsterameise wieder in die Arena zurückschubsten, wenn sie uns zu entwischen drohte. Plötzlich entdeckten wir den Ast einer Kiefer, die unweit des Strands stand. Zuerst zupften wir gedankenlos einige Nadeln heraus, dann legten wir einige von ihnen als Spiesse bereit. Es dauerte nicht lange, bis wir die erste Nadel dem wehrlosen Tier in den Leib stiessen. Aber Ameisen sind kräftige Tiere, die ein Vielfaches ihres eigenen Körpergewichts tragen oder schleppen können. Auch der zweite, dritte und vierte Spiess schränkte die Mobilität des Ameisenmonsters kaum ein. Unbeirrt krabbelte das Tier die Wände unserer Arena hoch, um daran sogleich wieder abzugleiten oder von uns unsanft ins Zentrum zurückbefördert zu werden. Das hässliche Spiel dauerte länger als uns lieb war. Schliesslich konnte sich die Ameise nicht mehr bewegen. Plötzlich standen die Eltern hinter uns. Mit einer Handbewegung schütteten wir genug Sand auf das halbtote Insekt, um die Spuren unseres grausigen Spiels auf immer und ewig zu verwischen.

Weihnachtsgeschichte 2.0

In jener Zeit befahl Präsident Augustus, dass alle Bewohnerinnen und Bewohner der Republik namentlich in Datenbanken erfasst werden sollten. Eine solche Volkszählung hatte es noch nie zuvor gegeben. Sie wurde durchgeführt, als Quirinius Botschafter in Syrien war. Jeder musste sich auf der amtlichen Webseite jener Stadt einloggen, in der er geboren war, um sich dort eintragen zu lassen. Weil Joseph ein Nachkomme Davids war, der in Bethlehem geboren wurde, reiste er gerade von Nazareth in Galiläa nach Bethlehem in Judäa, um seine Verwandten zu besuchen. Joseph wollte sich dort nach seiner Ankunft im Kundencenter eintragen lassen, zusammen mit seiner jungen Frau Maria, die ein Kind erwartete. Als sie in Bethlehem eintrafen, brachte Maria urplötzlich ihr erstes Kind - einen Sohn - zur Welt. Sie wickelte ihn in Pampers und legte ihn auf die hintere Sitzbank ihres alten Käfers, weil sie in der örtlichen Jugendherberge keinen Platz fanden und ihnen die Touristenhotels zu teuer waren.

In jener Nacht belagerten draußen auf den Straßen einige Paparazzis die öffentlichen Gebäude und Plätze. Plötzlich trat ein Ge-

sandter Gottes zu ihnen und Gottes Laser-
strahlen umgaben sie. Die Reporter er-
schraken sehr, aber der Gesandte sagte:
"Fürchtet euch nicht! Ich bringe euch die
größte Freude für alle Menschen: Heute ist
für euch in der Stadt, in der schon David
geboren wurde, der lang ersehnte Retter
zur Welt gekommen. Es ist Christus, der
Herr. Und daran werdet ihr ihn erkennen:
Das Kind liegt, in Pampers gewickelt in einem roten Toyota!" Auf einmal waren sie
von unzähligen schwebenden Wesen umge-
ben, die Gott lobten: "Gott im Himmel gehört alle Ehre, denn er hat den Frieden auf
die Erde gebracht für alle, die bereit sind,
seinen Frieden anzunehmen." Nachdem die
Gesandten sie verlassen hatten, beschlossen
die Berichterstatter: "Kommt, wir gehen
nach Bethlehem. Wir wollen sehen, was
dort geschehen ist und wovon Gottes Ge-
sandter gesprochen hat." Sie nahmen ihre
Kameras und Tongeräte, stiegen in ihre
Fahrzeuge und machten sich mit quiet-
schenden Reifen auf den Weg. Bald fanden
sie Maria und Joseph und besagtes Kind,
welches im Toyota lag. Als sie den Knaben
sahen, erzählten die Paparazzis, was ihnen
der Gesandte gesagt hatte. Und alle, die ihren Bericht hörten, waren darüber sehr er-
staunt und fragten sich, ob es sich nicht um

eine Fehlermeldung handelte. Zufrieden kehrten die Reporter zu ihren Autos zurück. Sie lobten und dankten Gott für das, was sie in dieser Nacht erlebt hatten, denn es würde ihnen traumhafte Einschaltquoten und Zeitungsauflagen bescheren.

Worlds apart

Die Bushaltestelle lag direkt neben der Tramhaltestelle. Ich sass auf der Holzbank und wartete auf den Trolleybus, der mich zum Sportclub an der Grenze bringen sollte. Die Tasche lag neben mir auf der Bank. Ich hockte mit angewinkelten Beinen da, die ich gleichzeitig mit den Armen umschloss, um mich ein bisschen aufzuwärmen. Es war kühl an jenem Abend.

Der Herr im Mantel, der mein Vater hätte sein können, kam nicht auf mich zu, sondern hielt klar Distanz zwischen sich und mir. Er schaute mich mit grimmiger Miene an. Noch wusste ich nicht, was ihn störte, aber irgendetwas missfiel ihm an mir. Gelangweilt schaute ich weg. Da meinte er wütend, ich solle doch die Schuhe von der Bank nehmen. Es hatte ihn offensichtlich einiges an Überwindung gekostet, seinem Unmut Luft zu verschaffen. Er hatte bereits die Fassung verloren und schrie die Worte förmlich in die Luft hinaus. Dann erkannte ich, dass sie an mich gerichtet waren. Ich blickte zu ihm auf, konnte in dem Moment aber keinen Laut von mir geben. Starr vor Überraschung blieb ich sitzen.

Vielleicht hätte ich ihm erwidern können, dass meine Turnschuhe neu und deren weisse Sohlen sauber waren und somit keine Gefahr bestand, die alte Holzbank zu beschmutzen. Ausserdem machte ich niemandem den Platz streitig, hatte es doch links und rechts genügend freien Raum zum Sitzen. Der Mann schaute mich herausfordernd an, trat jedoch einen Schritt zurück, wie wenn ich von Lepra oder Pest gezeichnet wäre. Das sei typisch für die heutige Jugend, brummte er. Möglicherweise war er ob seines ersten Gefühlsausbruchs selber erschrocken und drosselte seine Stimme auf Zimmerlautstärke. Ja, hätte ich sagen können, ich gehöre zur heutigen Jugend, und ja, ich trage die Haare viel länger als mein Vater, dem das auch nicht gefiel, und ja, meine Mutter würde meine Haltung mit den angezogenen Beinen auch nicht tolerieren. Aber statt laut zu formulieren, was ich dachte, blieb ich weiterhin stumm wie ein Fisch.

Nun begann der Herr nervös von einem Bein aufs andere zu treten, wie wenn er davonlaufen wollte. Aber er drehte sich im Kreis, vollführte einen Kriegstanz, um mir zu imponieren. Gedankenversunken schaute ich seinen Kapriolen zu und musste lächeln. Das schien ihm wiederum aufzufallen, denn seine Augen drohten als nächstes beinahe aus seinem Kopf zu kugeln. Aus seinem Mund vernahm ich schnaubende und zischende Laute wie von einer alten Dampflokomotive. Ich spannte meine Muskeln, um wegspringen zu können, falls sich die Lok urplötzlich auf mich stürzen würde. Aber nichts dergleichen geschah. Das Schnauben und Zischen verstummte langsam und ging in ein heftiges Kopfschütteln über. Ich sah ihm an, dass er mein Verhalten nicht goutierte.

Die Minuten fühlten sich wie Stunden an, bis endlich der grüne Bus vorfuhr. Erst jetzt hob ich meine neuen Turnschuhe von der Bank, stand auf, packte meine Tasche und bestieg den Bus durch die hintere Tür, während der Herr durch die vordere einstieg. So blieb jeder von uns in seiner eigenen Welt, und die Welt des anderen blieb uns verschlossen.

Von Wind- und anderen Fahnen

Noch wehte die Fahne im Wind, die ich zur Bundesfeier am Balkongeländer festgebunden hatte. Jene rote quadratische Flagge mit dem weissen Kreuz in der Mitte. In jenem Jahr hatte ich mir eine neue gekauft, da ich sie ebenfalls während der Fussball-WM hissen wollte, was ich auch tat. Ich liess sie sogar bis zum Schluss der Weltmeisterschaft hängen, während die meisten Nachbarn sie vom Mast nahmen, nachdem unsere Nationalelf gegen Argentinien so unglücklich verloren hatte. Was es mir brachte? Keine Ahnung! Ich halte mich sonst nicht gerade für einen Patrioten, geschweige denn für einen Nationalisten, aber dieses Jahr war es anders. Irgendwie musste ich mir selbst beweisen, dass es mir nicht egal war. Eine innere Stimme sagte mir, es wäre an der Zeit, Farbe zu bekennen. Jene rot-weisse Farbe, die in den letzten Jahren immer mehr Menschen auf T-Shirts, Halstüchern, Kappen und sonstigen Accessoires trugen. Vor allem junge Leute waren mir aufgefallen, die stolz unsere Farben zur Schau stellten. Unsere Farben?

Rot und Weiss gehören bestimmt nicht zu meinen Lieblingsfarben, eher schon Blau,

Grün und Gelb. Aber markant ist ein Kreuz alleweil, sei es nun Weiss auf Rot oder Rot auf Weiss. Was im Ausland auch immer wieder zu Verwechslungen führt. Zum Beispiel, als ich den Bademeister einer Küstenwache ansprach, der auf seinem Ausguck thronte, neben sich das weisse Kreuz auf rotem Grund. Nein, damit sei die Sanität gemeint, die Erste Hilfe. Das sei sein Job. Eine andere Bedeutung schien der Rettungsschwimmer jedenfalls mit unserer Flagge nicht verbinden zu können, obwohl seine Nationalflagge ebenfalls rotweiss daherkam. Mit dem Unterschied, dass statt eines Kreuzes ein rotes Ahornblatt in der Mitte prangte. Ein höchst dekoratives Souvenir, unserem Kreuz ähnlich. Aber der Stolz, mit dem die Ahornblätter von jenen Landsleuten getragen werden, übertrifft meine patriotischen Gefühle um ein Vielfaches.

Die blau-weiss-roten Fahnen lösen bei mir ein Gefühl der Zusammengehörigkeit aus, obwohl ich nicht dazugehöre. Sobald ich eine dieser Flaggen erblicke, meistens an Sportveranstaltungen, spüre ich diesen unbändigen Geist der Eintracht, der Einheit, der Zugehörigkeit. Je nach politischer Lage kommt es vor, dass die blau-weiss-roten

Flaggen auch angezündet und verbrannt werden, womit bestimmte Leute ihrem Unmut Ausdruck verleihen. Ich würde mich nie getrauen, eine fremde Flagge anzuzünden, und ich habe auch noch nie eine rotweisse oder weiss-rote Kreuzflagge brennen gesehen. Das tut man einfach nicht! Diese Flaggen stehen unter Heimatschutz. Ihre Neutralität ist jahrhundertealt und legendär. Egal, woher der Wind weht!

Vielleicht fällt es mir deshalb leichter, unsere Flagge aufzuhängen. Man hat schliesslich nichts zu befürchten. Oder würde ich auch die Flagge mit den fünfzig Sternen oder jene mit dem einen blauen Stern auf weissem Grund hissen? Da könnte man sich sehr schnell Feinde schaffen und zur Zielscheibe werden. Auch wenn es nur um Fussball ginge. Da weiss man nie, wie das die anderen interpretieren. Und mit den Interpretationen fangen meistens auch die Probleme an. Die Folgen sind klar: Dementieren, berichtigen, wieder dementieren, noch einmal berichtigen usw. Gerät man einmal in diesen Teufelskreis, findet man nicht so schnell wieder hinaus! Also lieber das weisse Kreuz auf rotem Grund hissen. Da weiss man, was man hat.

Zeitlupe

Als die Ambulanz am Unfallort eintraf, war es bereits zu spät. Die Mutter und der Vater knieten neben ihrer Tochter, die regungslos auf dem Rücken lag. Während er den leblosen Körper immer wieder schüttelte, hielt sie die Arme vors Gesicht und schluchzte. Erst als die beiden Rettungssanitäter aus dem Krankenwagen sprangen, blickten die beiden auf. Sie hatten weder die Sirene noch das Blaulicht wahrgenommen. Der Schmerz über den Verlust ihres Kindes hatte sie betäubt. Aus ihren Augen sprach eine Hoffnungslosigkeit, welche die vermeintlichen Retter kurz innehalten liess. Dann aber wich das Ehepaar zurück und machte dem Rettungsteam Platz, welches sich augenblicklich mit diversen Gerätschaften am toten Körper des Mädchens zu schaffen machte. Mit einer Kanüle, die sie in die Nase der Toten einführten, pumpten sie einen gelbschleimigen Saft aus den Lungen der Kleinen. Danach setzten sie dem Leichnam eine Maske auf und liessen Sauerstoff in den Körper fliessen, welcher nie bis ins Blut gelangen sollte. Mit einer Injektionsnadel verabreichten sie der sterblichen Hülle des Mädchens, das vor einer Stunde mit seinen drei Geschwistern noch munter hinter dem

Haus gespielt hatte, ein Medikamentenmix für eine Reanimation, die nicht stattfinden würde.

Der junge Familienvater hielt inzwischen seine Frau fest, die immer wieder umzufallen drohte. Ihr Kopf ruhte an seiner Schulter und Ströme von Tränen flossen über ihr vom Kummer entstelltes Gesicht. Sie sprachen nichts, hielten sich umschlungen und warteten, bis die Sanitäter den Kopf schüttelten und ihre Werkzeuge einzupacken begannen. Ungläubig schaute das Paar ihnen dabei zu, obwohl es wusste, dass die Bemühungen von Anfang an umsonst gewesen waren. Die Eltern hatten es ihren Kindern immer und immer wieder gesagt. Das war ein verbotener Ort, wo man nicht hingehen durfte. Zumindest hätte man die Tür offenlassen sollen, damit genügend Frischluft eindringen konnte. Es war ein Provisorium gewesen, während das alte Badezimmer mit der Toilette umgebaut wurde. Der Umbau hätte eigentlich nicht so lange dauern sollen. Jetzt war es definitiv zu spät. Ihre Tochter hatte es mit ihrem jungen Leben bezahlt. Und sie, die Eltern, fühlten sich schuldig. Warum um Himmels Willen hatte sie dieses eine Mal die Tür hinter sich zugemacht? Ihre Fragen würden für immer unbeantwortet bleiben.

In einem gebührenden Abstand zur Toten tauchten plötzlich weitere Figuren auf. Zwei Knaben und ein kleines Mädchen schauten aus dem Hauseingang hervor. Es musste sich um die älteren Brüder sowie die jüngere Schwester des Opfers handeln. Sie äugten argwöhnisch zu ihren Eltern und den beiden Rettungssanitätern herüber. Die beiden Jungs blickten trotzig drein, während sich ihre Schwester am Türrahmen festhielt und mit grossen Augen die Szene bestaunte. An ihren Gesichtern war zu erkennen, dass die Knaben wohl wussten, was mit ihrer jüngeren Schwester passiert war. Die Jüngste hingegen schaute unschuldig, ja fast sorglos und freundlich herüber und konnte das Geschehen nicht einordnen. Nie wieder würde ihre ältere Schwester mit ihr spielen und sich um sie kümmern. Die Lücke, die sich auftat, nahm sie nicht wahr – noch nicht. Alle drei wagten nicht, sich dem Unfallort zu nähern. Sie wussten, dass sich ihre Schwester nicht an die Regel gehalten hatte. Die Tür musste offenbleiben, auch wenn das gelegentlich etwas peinlich war. Eigentlich hatte ihnen der Vater versprochen, dass bis zu Annas Geburtstag alles fertig werden sollte. Der war in einer Woche, doch Anna sollte ihn nicht mehr erleben.

An Annas Geburtstag, einem regnerischen Samstagmorgen, setzte sich der dunkle Trauerzug um neun Uhr morgens in Bewegung. Vom bäuerlichen Hof ging es hinab zur frisch renovierten Pfarrkirche und nach der Messe zum nebenan liegenden Friedhof, auf welchem die Ahnen und Urahnen das junge ausgelöschte Leben erwarteten. Der Pfarrer bewegte sich langsam und andächtig, sodass der Kessel mit dem Weihrauch wie von Geisterhand regelmässig hin und her schwankte. Niemand machte eine schnelle, unbedachte Bewegung, sogar die Kinder hielten sich zurück und die Zeit schien für einen Augenblick stillzustehen.

Zwei Brüder

Die Zwillinge waren von Geburt an so verschieden, wie es der erste Buchstabe ihrer Vornamen erahnen liess: A wie Aron oder Anfang, O wie Olaf oder Omega. Dazwischen sollten sich Welten auftun, die sich wohl nie berühren würden.

Aron Miller gedieh prächtig und bereitete seinen Eltern viel Freude. Er war allseits beliebt, ein Musterschüler und auch im Beruf sehr erfolgreich. Mit dreissig Jahren war er bereits Betriebsleiter, Vater dreier Kinder und stolzer Hausbesitzer. Seine Karriere verlief auch später mustergültig. Seine Frau unterstützte ihn, führte den Haushalt, kümmerte sich um die Kinder und erledigte für ihn viele administrative Arbeiten. Als Abgeordneter engagierte er sich in der Politik und war in vielen Vereinen ein gern gesehenes, aktives Mitglied. An der Feier zu seinem vierzigsten Geburtstag kamen viele Menschen von nah und fern, um ihn zu beglückwünschen, obwohl er das Glück schon mit der Wiege gepachtet zu haben schien. Aron lebte, um zu arbeiten, sagten viele Leute mit einer gewissen Bewunderung.

Olaf Miller dagegen war schwierig. Er zog es vor, sich in seine eigene Welt zurückzuziehen und sich hinter seinen Büchern zu verschanzen. Er hatte keine Freunde und den Eltern fiel es schwer, ihn zu verstehen. In der Schule wurde seine Bequemlichkeit und Passivität immer wieder beanstandet, vor allem, weil man ihn für Höheres befähigt erachtete. Er zog es vor, seine Freizeit draußen in der Natur zu verbringen als drinnen zu studieren. Er versuchte sich früh in verschiedenen Berufen, ohne jeweils lange in einem zu verweilen. Seine Freundinnen wechselte er noch öfter als seine Jobs. Lange hielt es keine an seiner Seite aus. Mit dreißig Jahren kehrte er seiner Heimat den Rücken und zog jahrelang als Vagabund durch die Welt. Zu Hause vermisste ihn niemand, so wie er niemanden vermisste.

Als die beiden Brüder sich am Grab ihrer Eltern begegneten, erkannten sie einander nicht mehr. Erst im Restaurant erfuhr Olaf, dass Aron inzwischen geschieden war und seinen Job verloren hatte. Er lebte in einer kleinen Zweizimmerwohnung und bezog jeden Monat Gelder von der Sozialfürsorge. In seinem Alter wollte ihn keine Firma mehr auf die Lohnliste setzen, außer für unregelmäßige Gelegenheitsarbeiten. Im Alkohol fand Aron einen kurzfristigen Trost, welcher aber nicht länger andauerte als bis zum nächsten Morgen. Seine Frau hatte ihn verlassen, die Kinder fragten nicht mehr nach ihm.

Aron erfuhr seinerseits, dass Olaf sich in verschiedenen Metropolen einen Namen als Künstler gemacht hatte. Seine Bilder und Skulpturen standen in den renommiertesten Galerien der Weltstädte und erzielten astronomische Preise. Neben seiner künstlerischen Arbeit unterrichtete Olaf als Dozent an diversen Hochschulen und Universitäten. Mit fünfzig Jahren hatte er eine seiner Schülerinnen geheiratet und eine Familie gegründet. Das alte Blockhaus am Meer inmitten eines Waldes war wie eine Insel, die ihnen die nötige Luft zum Leben verschaffte. Nur selten empfingen sie hier Gäste, aber Olafs Kunstwerke strahlten bis in die hintersten Ecken der Welt.

Inhaltsverzeichnis